Friederike Gösweiner

Traurige Freiheit

Roman

Literaturverlag Droschl

Für Thomas

Being an individual *de jure* means having no one to blame for one's own misery, seeking the causes of one's own defeats nowhere except in one's own indolence and sloth, and looking for no remedies other than trying harder and harder still.

Zygmunt Bauman, *Liquid Modernity*

1

»Dann hat es wohl keinen Sinn mehr«, sagte Hannah. Es klang fragend, sie sprach leise, wie zu sich selbst. Sie sah Jakob an, der auf dem Bett lag, er lag auf ihrer Seite, nicht auf seiner, fiel Hannah auf, das sah ganz ungewohnt aus. Den Blick starr auf seine Füße am Bettende gerichtet, schwieg er, zögerte, dann hob er seinen Kopf leicht, blickte zu ihr.

»Ich möchte doch nur sehen, ob ich überhaupt gut genug bin. Ob ich eine Chance habe in Berlin. Ein halbes Jahr oder ein ganzes. Mehr nicht. Ist das so viel verlangt?«, fuhr sie fort, suchte Jakobs Blick, seine Augen. Aber er sah jetzt an ihr vorbei, sah zum Fenster hinaus, schluckte, schwieg, er schwieg lange, und sie schwieg auch. Sie wusste nicht mehr, was sie noch sagen sollte. Erschöpft ließ sie sich am Türpfosten entlang zu Boden gleiten. Sie hatte keine Lust mehr zu streiten, es hatte keinen Sinn.

Immer wieder hatten sie die gleiche Diskussion geführt in den letzten Wochen, seit Hannah die Zusage bekommen hatte für das Volontariat bei der Zeitung in Berlin. Immer wieder hatte sie versucht, Jakob zu erklären, warum sie das machen wollte, warum das so wichtig war für sie, warum sie nicht mehr länger hier sitzen wollte und darauf warten, dass ein Wunder geschähe und das Magazin, für das sie als Freie schrieb, sie plötzlich doch noch als Redakteurin einstellte. Eine andere Hoffnung für sie als Journalistin gab es nicht in der Stadt, in der sie lebten, und sie hatte es satt, sich Jakob, der Assistenzarzt auf der Kinderstation der Klinik war, so unterlegen zu fühlen.

»Warum kann ich nicht die ganze Miete übernehmen?« Jakob

sah sie nicht an, als er das sagte, immer noch blickte er zum Fenster hinaus, in die Ferne.

»Aber wir leben doch nicht im 19. Jahrhundert, wie oft soll ich das noch sagen! Das ist doch keine Lösung, wenn ich mich finanziell vollkommen von dir abhängig mache!« Hannahs Stimme klang gereizt. »Und es geht außerdem doch nicht nur ums Geld!«

Nach einer kurzen Pause fuhr sie mit leiserer Stimme fort: »Ich weiß, dass das nett gemeint ist von dir. Ich weiß das. Ich weiß es wirklich. Aber es macht mich rasend. Versteh das doch! Stell es dir umgekehrt vor, bitte, stell dir vor, du würdest immer noch denselben Job haben, den du als Student hattest, du würdest immer noch so wenig verdienen wie damals, du hättest auf fünfzig Bewerbungen nur Absagen bekommen, und dann würde ich zu dir sagen: Lass mich doch einfach zahlen und alles ist gut!« Wieder war sie lauter geworden, als sie wollte.

Sie stockte, suchte Jakobs Blick, und diesmal sah er sie an. Er sah müde aus, erschöpft wie sie, dachte Hannah.

»Gar nichts ist gut. Für mich ist es nicht gut.« Sie flüsterte fast, und jetzt war sie es, die sich von ihm abwandte und nach unten blickte, auf den Boden.

Wieder schwiegen sie. Hannah hörte, wie der Kühlschrank in der Küche ansprang. Sie begann, die Parkettstäbe zu zählen, von der Tür bis zum Bett, auf dem Jakob lag, und zurück.

Dann richtete sich Jakob plötzlich entschlossen auf und erhob sich schwungvoll vom Bett. Aber als er dann neben dem Bett stand, setzte er sich sofort wieder, an den Bettrand, als sei ihm ganz plötzlich entfallen, was er eben noch geglaubt hatte, so entschlossen tun zu müssen. Die Energie, die für Momente in ihm gewesen war, war wieder verpufft, und er wirkte noch müder als zuvor. Er fuhr sich mit den Händen über das Gesicht und durch die Haare, stützte seine Arme auf den Knien auf, seufzte laut und sagte dann, und es klang genervt: »Es wäre doch nicht für immer! Vorübergehend. – Ich habe von Anfang an gesagt: Ich zahle die Wohnung vorübergehend allein. Du wirst etwas finden, hier, ganz sicher wirst du etwas finden, früher oder später. Vielleicht wird es nicht dein Traumjob sein, aber die Arbeit ist ja nicht alles, oder? Uns gibt es doch auch noch! Was haben wir davon, wenn ich allein hier sitze und du allein in Berlin und wir uns alle paar Wochen für 24 Stunden oder meinetwegen für 48 Stunden mal sehen? Das ist doch keine Beziehung!« Er sah sie an. »Ich möchte nicht, dass meine Freundin irgendwo in Berlin sitzt, achthundert Kilometer entfernt von mir, und ich hier bin, allein in unserer Wohnung. Und wenn du jetzt sagst, das ist egoistisch, dann ist mir das völlig egal! Es ist genauso egoistisch, dass du unbedingt weg willst – von mir!« Und er sah sie zornig an, als er das sagte, zornig und traurig zugleich.

Hannah wusste nicht mehr, wie oft sie genau an diesen Punkt gekommen waren in den letzten Wochen. Es waren immer die gleichen Sätze, die sie einander gesagt hatten, und immer waren sie bis hierher gekommen. Entweder war Hannah dann wütend ins andere Zimmer gelaufen und hatte kopfschüttelnd die Tür hinter sich zugeknallt oder Jakob hatte sich gekränkt umgedreht und war wortlos gegangen. Und irgendwann hatte einer von beiden dann an der Tür des anderen geklopft und sie hatten sich umarmt, sich wortlos versöhnt. Ein paar Tage lang hatten sie dann einfach nicht mehr darüber gesprochen, bis sich an irgendeiner Kleinigkeit wieder die Diskussion entzündete und alles von vorn begann.

Je näher der Beginn des Volontariats rückte, desto häufiger stritten sie. In sechs Wochen sollte Hannah in Berlin sein. Und sie wusste nicht, was geschehen würde, ginge sie tatsächlich, ob Jakob insgeheim damit rechnete, dass sie nicht gehen würde, weil sie das Risiko, ihn damit zu verlieren, nicht eingehen wollte, oder ob am Ende gar nichts passieren würde, er sie zum Bahnhof brächte und sie dann zwei Wochen später in Berlin besuchen würde.

Miriam, Hannahs beste Freundin, hatte gemeint, sie solle abwarten, alles würde gut gehen, er würde sich schon nicht trennen, »doch nicht im Vorhinein, ohne eine Fernbeziehung zu versuchen«, hatte sie gesagt, und später würde er sich schon daran gewöhnen oder einfach auch nach Berlin kommen, was war schon dabei für ihn, als Arzt.

»Komm doch einfach mit nach Berlin. Als Arzt findest du überall sofort Arbeit«, sagte Hannah, aber sie sagte es ohne jede Überzeugung. Sie hatte ihm das einmal schon vorgeschlagen und er hatte ganz gereizt reagiert.

Auch dieses Mal schüttelte Jakob den Kopf, er schien jetzt richtig verärgert: »Dann geht es also gar nicht nur um ein halbes Jahr, oder? Ich werde ja nicht meine Stelle kündigen, um für ein halbes Jahr etwas in Berlin zu suchen!« Er brach ab, sah sie herausfordernd an, schwieg.

Hannah zögerte, und als sie endlich antworten wollte, setzte Jakob hinzu, und es klang ungewohnt scharf: »Sag nicht immer, es geht um ein halbes Jahr oder ein ganzes! Es geht doch gar nicht um dieses Volontariat. Du willst weg von hier! Das ist die Wahrheit. Du willst endlich weg von hier. Du wolltest schon nach Berlin, als Miriam hingezogen ist. Du hast gar nicht vor zurückzukommen!«

Hannah schwieg. Sie schluckte, biss sich auf die Lippen. Sie fühlte sich ertappt. Im Grunde hatte er Recht. Sie wollte tatsächlich weg von hier. Sie hatte immer gedacht, irgendwann würden sie beide fortgehen, zusammen, es würde der Moment kommen, in dem Jakob die Klinik, in der er arbeitete, in der er seine gesamte Ausbildung absolviert hatte, zu klein würde. Aber es war nie passiert.

»Ich bin jetzt endlich da, wo ich immer hinwollte – endlich.

Das war nicht leicht, das weißt du. Und jetzt soll ich es hinschmeißen? Einfach so?«, fuhr Jakob fort, und seine Stimme klang jetzt wieder viel ruhiger als vorhin.
»Nein, nicht einfach so«, sagte sie. Sie hatte jetzt begonnen, mit der Rechten mechanisch auf ihrem Oberschenkel über den Jeansstoff der Hose zu streichen, der an einer Stelle ein wenig dünner war. »Ich verstehe dich ja. Es war dumm von mir, das vorzuschlagen. Ich weiß ja auch noch gar nicht, wie das wird dort in der Redaktion und was danach sein wird. Ich weiß gar nichts«, sie lehnte den Kopf zurück an den Türstock, schloss kurz die Augen und spürte wieder diese bleierne Müdigkeit in sich.
»Du bist da, wo du immer hinwolltest, das ist gut, das ist sehr gut, das sollst du nicht einfach so aufgeben, bestimmt nicht. Aber es ist eine Wahnsinnschance für mich, verstehst du? Von dreihundert Bewerbern haben sie acht genommen. Nur acht! Und ich bin dabei. Das ist großartig. Im Prinzip ist das absolut großartig und sonst gar nichts«, sagte Hannah und es lag etwas Flehentliches in ihrer Stimme, als sie das sagte.
»Natürlich ist das großartig. Aber ich werde dich eben auch großartig vermissen, wenn du dann dort bist«, sagte Jakob.
»Vermissen ist dämlich. Ich hasse Skype. Ich hasse SMS. Ich hasse diesen ganzen virtuellen Käse. Ich mag live.«
»Ich mag auch live am liebsten«, sagte sie.
»Eben«, setzte Jakob fort, »es kann doch nicht nur um die Arbeit gehen.« Er sah sie erwartungsvoll an, es schien, als warte er ungeduldig auf ihre Zustimmung, um dieses Gespräch endlich beenden zu können.
Hannah schwieg. Und ganz plötzlich wurde sie wieder wütend auf ihn. Sie drehten sich im Kreis. Er verstand nichts, er wollte nicht verstehen! Sie sagte: »Nein, natürlich kann es nicht nur um die Arbeit gehen. Aber es kann auch nicht nur um die Beziehung gehen. Gerade du müsstest das wissen! Man hat ja

keine Garantie, dass die Beziehung ewig dauert.« Und noch im selben Moment, als sie das ausgesprochen hatte, tat es ihr schon wieder leid.

Jakob schüttelte den Kopf, sah sie an und schüttelte dann wieder den Kopf. »Sind wir jetzt wieder an dem Punkt, ja? Ich dachte, das hätten wir hinter uns. Ich dachte, wenigstens das hätten wir endlich hinter uns – endlich! Ich dachte, wir sind gut, wir sind okay!« Er pausierte, sah ihr direkt in die Augen, und sein Blick verriet, wie tief die Kränkung war.

»Das war vor drei Jahren und das Ganze damals hat keine drei Monate gedauert. Es war das Dümmste, was ich je gemacht habe, ich habe dir das schon hundert Mal gesagt, das Allerallerdümmste! Ich weiß das, es tut mir leid, es wird mir ewig leid tun. Und ich habe mich hundert Mal bei dir entschuldigt dafür, hundert Mal – mindestens. Mehr kann ich nicht tun, okay? Mehr geht nicht. Es ist inzwischen eine Ewigkeit her und sie arbeitet schon längst nicht mehr im Krankenhaus. Wenn das mit uns beiden funktionieren soll, dann kannst du das nicht immer wieder als Totschlagargument aus dem Ärmel ziehen, wenn es dir passt! Ich dachte, wir hätten das geklärt.«

»Es war vor zweieinhalb Jahren und es waren sehr wohl drei Monate, aber es hätten auch zwei gereicht oder meinetwegen auch nur zehn Tage!« Hannahs Antwort kam wie aus der Pistole geschossen. »Und ich habe dir ja verziehen! Und wir brauchen darüber auch wirklich nicht mehr zu sprechen. Es ist nur ziemlich seltsam, dass ausgerechnet du, der ganz genau weiß, dass es keine Garantie gibt auf die Liebe, der schon einmal Schluss gemacht hat mit mir wegen einer anderen, dass ausgerechnet du mir jetzt sagst, ich solle die Beziehung über die Arbeit stellen. Das hast du doch eben gesagt oder nicht?«

Hannah hatte sich wieder aufgerichtet. Ihr Herz schlug jetzt laut und ihre Hände waren ganz kalt und sie fühlte sich plötzlich gar nicht mehr müde oder erschöpft, im Gegenteil.

»Ich sage, es wird ja wohl eine Möglichkeit geben, beides miteinander zu vereinbaren, verdammt nochmal, das wird ja wohl irgendwie hinzukriegen sein, das ist alles, was ich sage!«
»Ist es ja auch! Ich gehe nach Berlin, ich wohne bei Miriam, wir sehen, wie sich die Dinge für mich entwickeln, du kommst mich besuchen und nach dem Volontariat sehen wir weiter!«
Hannah war mindestens ebenso laut geworden wie Jakob vorhin.
Jakob schwieg. Dann legte er sich zurück aufs Bett, überkreuzte die Beine und starrte wieder zum Fenster hinaus.
Auch Hannah sah nach draußen, als könnten sich ihrer beider Blicke dort irgendwo in der Ferne treffen. Es war Oktober. Draußen schien die Sonne, der Himmel war herbstlich klar.
Für Minuten war es ganz still in der Wohnung, Hannah hörte nur ihr eigenes Herz und ihren Atem, der schnell ging, und je länger Jakob schwieg, desto mehr fürchtete sie sich davor, dass es tatsächlich vorbei sein könnte, jetzt, mit ihnen, endgültig; dass sie eine Grenze überschritten hatten, gerade eben, hinter die sie nicht mehr zurückkonnten.
»Nein«, sagte Jakob dann, seine Stimme war ruhig. »Nein, ich kann das nicht.«
Er sagte das, ohne sie anzusehen, lag auf dem Bett und starrte an ihr vorbei zum Fenster hinaus. Hannahs Herz begann noch viel wilder zu klopfen, sie schwitzte und gleichzeitig hatte sie Gänsehaut auf den Armen.
Und dann war in ihrem Kopf nur noch der eine Satz, den sie so oft gedacht hatte, für sich, und vor ein paar Minuten zum ersten Mal laut ausgesprochen hatte, fragend, ängstlich. Und jetzt sagte sie ihn noch einmal und ihre Stimme klang plötzlich ganz fremd und ihr war, als spräche gar nicht sie selbst: »Dann hat es keinen Sinn mehr.« Diesmal klang es viel entschlossener und es war Hannah tatsächlich, als spräche jemand anderer an ihrer Stelle, sie wusste nicht, woher diese Entschlossenheit in

ihrer Stimme plötzlich kam. Irgendetwas in ihr hatte sie diesen Satz sagen lassen, ebenso ruhig und bestimmt wie Jakob vorhin sein Nein ausgesprochen hatte, als sei sie sich sicher, dass sie sich beide trennen sollten. Dabei wollte sie das doch gar nicht, dachte Hannah dann.

Augenblicke später sah sie sich selbst ihr Notebook schließen und nach der großen Canvas-Tasche greifen, die immer über ihrem Schreibtischstuhl hing, sah sich zum Schrank gehen, ihn öffnen, ein paar T-Shirts herausnehmen, Jeans, Socken. Unterwäsche, fiel ihr ein, würde sie auch brauchen, und einen Pullover. Sie sah sich wahllos Kleidungsstücke in die Tasche stopfen und, als sie schon fast überquoll, ins Badezimmer gehen und dort ihre Zahnbürste aus dem Becher nehmen und ebenfalls in die Tasche stecken. Und immer noch sah sie sich selbst zu wie einer fremden Person, verwundert, überrascht über diese plötzliche Entschlossenheit, über die Schnelligkeit ihrer Handgriffe, die sie tat, mit der sie die Trennung von Jakob besiegelte, bis sie, im Badezimmer vor dem Spiegel stehend, plötzlich innehielt und erschrocken ihr eigenes Spiegelbild ansah und die Hände sinken ließ. Was tat sie denn da überhaupt?

Sie wollte sich zwingen, nachzudenken, was sie noch alles einpacken musste, aber sie kam auf nichts mehr. Im Grunde wollte sie gar nichts einpacken, dachte sie dann, das war doch die Wahrheit, im Grunde wollte sie überhaupt nicht gehen. Sie war wütend auf Jakob, rasend wütend auf ihn, weil er nichts verstand. Aber deshalb liebte sie ihn doch trotzdem. Und sie horchte, ob sie Jakob aufstehen hörte, ob er ihr nachging. Sie wünschte sich, er käme ihr nach und sie redeten noch weiter, es würde nicht so enden. Aber da war kein Geräusch.

Nein, sie durfte jetzt nicht einknicken, dachte Hannah dann. Und Momente später ging sie zurück in den Vorraum, zog ihren Mantel an, schlüpfte in ihre Schnürstiefel und blieb dann im Türrahmen zum Schlafzimmer stehen.

Jakob blickte immer noch durch das Fenster nach draußen. Hannah stand schweigend in der Tür, sie stand lange dort, sie hoffte, Jakob würde sie aufhalten, er würde seine Hand ausstrecken nach ihr, sie nicht gehen lassen. Aber er tat nichts. Und irgendwann, als Jakob nichts sagte und unverwandt aus dem Fenster blickte, sagte sie leise, und wieder klang ihre Stimme fremd: »Dann gehe ich jetzt.« Und sie wusste, sie würde weinen, jede Sekunde würde sie beginnen zu weinen, und als Jakob immer noch nichts sagte und unverwandt weiter aus dem Fenster starrte, ging sie tatsächlich.

Sie griff nach ihrem Notebook und hängte sich die Tasche um, drehte Jakob den Rücken zu, querte den Flur, öffnete die Wohnungstür, schloss sie hinter sich. Kaum war sie ein Stockwerk die Treppen hinuntergegangen, kamen die ersten Tränen. Und bevor sie auf die Straße trat, blieb sie im Hausgang stehen, in der Hoffnung, sich noch einmal fangen zu können, und in der noch viel größeren Hoffnung, Jakob würde ihr doch noch nachkommen, jetzt, die Wohnung verlassen, die Treppen hinunterstürzen und sie umarmen, wortlos umarmen, und dann würden sie beide zusammen die Treppen hochsteigen und weinen und irgendwann lachen über diese große Dummheit, alles aufs Spiel zu setzen, was sie sich zusammen erschaffen hatten.

Aber weder fing sie sich noch hörte sie eine Wohnungstür sich öffnen und schließen, keine Schritte, die heftig die Treppe herunterstürmten, also ging sie irgendwann endgültig aus dem Haus, in dem sie jahrelang gewohnt hatte, mit nichts als einer Tasche über der Schulter und ihrem Computer in der Hand.

Sechs Wochen später war Hannah in Berlin. Sie hatte sich nicht mehr mit Jakob versöhnt. Sie wusste nicht, wie viele E-Mails sie einander noch geschickt hatten, wie viele SMS sie einander in den letzten Wochen geschrieben hatten. Telefoniert hatten sie nie miteinander, Hannah hatte der Versuchung nie nachgegeben, und Jakob hatte auch nie angerufen.

Hannah war vorübergehend zurück in ihr Kinderzimmer, ins Haus ihrer Eltern gezogen. Miriam hatte zwar gesagt, sie solle zu ihr kommen, sofort, ihre Wohnung sei zwar winzig, aber es sei trotzdem Platz für zwei, doch Hannah hatte noch abwarten wollen, als könne sie nicht glauben, dass Jakob nicht doch noch seine Meinung ändern würde. Aber er hatte sie nicht geändert, irgendwann fragte er sie, wann sie denn jetzt nach Berlin ginge und ob sie ihre Sachen vorher noch abholen käme, also räumte Hannah alles in Schachteln, die sie in den Keller ihrer Eltern stellte, verletzt durch Jakobs Entschlossenheit, die Schnelligkeit, mit der er ihre Leben auseinanderdividiert haben wollte.

Miriam meinte, sie solle das nicht überbewerten, das sei eine männliche Stolzsache, er sei wohl ganz offensichtlich sehr gekränkt darüber, dass Hannah tatsächlich nicht klein beigegeben hatte, das sei alles. Und es sei sehr gut so, dass sie nicht nachgegeben hätte, das sei längst überfällig gewesen, und Jakob wolle diese Gekränktheit jetzt eben zur Schau stellen, es könne immer noch alles passieren. Aber Hannah glaubte nicht daran, sie kannte Jakob und sie wunderte sich über diese Schnelligkeit, die ihr fremd war an ihm.

Eigentlich hatten Miriam und Hannah noch drei Tage gemeinsam in Berlin verbringen wollen, aber dann hatte Miriam früher als geplant nach Moskau fliegen müssen. Sie hatte das Angebot erhalten, als Korrespondentin zu arbeiten, für den Sender, für den sie seit Jahren als Freie gearbeitet hatte. Zum Aufräumen habe sie auch keine Zeit mehr gehabt, hatte sie Hannah vorgewarnt, es stünden auch noch unausgepackte Umzugskartons im Flur, sie könne auspacken, was sie wolle, oder es lassen, es sei alles ein völliges Chaos, vor vier Monaten erst war sie eingezogen und jetzt müsse sie schon wieder

packen und im Grunde wolle sie überhaupt nicht weg aus Berlin, aber so eine Chance könne sie doch auch nicht sausen lassen, hatte sie gestern am Telefon gesagt, als sie sie von Schönefeld aus noch einmal angerufen hatte.
Also erwartete Hannah niemand, als sie Miriams Wohnungsschlüssel, den sie für sie hinterlegt hatte, im Schloss umdrehte und die kleine Wohnung betrat.
Miriam hatte recht, die Wohnung war winzig, aber schön. Die drei Fenster gingen zum Hof, in dem fünf Bäume standen, jetzt im November jeder für sich einsam und kahl. Es gab ein neues Sofa, das Hannah nicht kannte, und Miriams großen Ikea-Schreibtisch, der am linken Fenster stand, ihre Bücherregale, zwei Stühle, die Kommode, die Hannah ihr vor Jahren geschenkt hatte. Ein Bett besaß Miriam immer noch nicht, ihre Matratze lag auf einem Lattenrost direkt am Boden.
Hannah suchte ihr Notebook, zog ihre Schuhe aus und ließ sich auf das Sofa fallen. Jetzt war sie also hier.

Abends ging sie früh zu Bett, sie war müde. Sie hatte die kleine Leselampe neben dem Bett angemacht, das milchige Licht der Leuchtkugel erhellte das Zimmer nur schwach. Im gegenüberliegenden Gebäudetrakt, der fast das gesamte Blickfeld einnahm, brannte im Treppenhaus Licht. Immer noch schneite es leicht. Zwei Vögel saßen im Baum, ganz links im Hof, eng aneinandergedrängt, um sich in der eisig kalten Winterluft gegenseitig zu wärmen. Und darüber, im dunklen Himmel, sah Hannah den Mond. Deshalb habe sie die Matratze direkt auf den Boden gelegt, hatte Miriam ihr erklärt, weil man dann den Mond sehen könne, aufrecht im Zimmer stehend sähe man nur noch das Gebäude gegenüber, keinen Himmel.
Hannah dachte an Jakob. Sie wusste, er hatte heute Nachtdienst, das hatte er ihr gestern geschrieben, immer noch hörten sie fast täglich voneinander. Jetzt gerade würde er sich wohl

umziehen, seine Kleidung in das Schließfach hängen und in seinen weißen Arztkittel schlüpfen. Er würde sich eine Tasse Kaffee holen und dann seinen Dienst beginnen, ein wenig müde, aber gutgelaunt. Er würde aus dem Zimmer, in dem sich die Ärzte umzogen, heraustreten, im Gehen sein Stethoskop umhängen, eine Schwester, die ihm entgegenkäme, grüßen, einem Kollegen etwas zurufen, sich räuspern, bevor er das erste Krankenzimmer betrat.

Hannah hatte das einmal gesehen, wie er, in einen Arzt verwandelt, aus dem Umkleideraum herausgetreten war, mit einem schnelleren, schwungvolleren Schritt, als sie es von ihm gewohnt war. Er hatte zuhause sein Telefon vergessen, sie war ihm nachgefahren, um es ihm zu bringen. Sie war auf dem Flur gestanden, hinter ihm, und hatte unwillkürlich lächeln müssen, als sie ihn so sah, von hinten, im weißen Arztkittel. Fast hatte sie nicht gewagt, seinen Namen zu rufen, weil sie dieses Bild nicht stören wollte, so sehr gefiel es ihr. Sie musste später immer wieder daran denken, wie sie ihn gesehen hatte, aus der Entfernung, wie sie ihn beobachtet hatte im Gespräch mit einem Kollegen und wie stolz und glücklich sie in diesem Moment gewesen war, dass Jakob ihr Freund war. Und immer, wenn sie später an diesen Moment dachte, war ihr, als hätte dieser Anblick ihre Liebe zu ihm auf eine Weise vergrößert oder vertieft, auch wenn sie nicht hätte sagen können, warum.

Sie griff nach ihrem Telefon und sah nach, ob Jakob nicht doch noch geschrieben hatte. Er hatte sich heute noch nicht gemeldet. Aber da war keine neue Mail und keine ungelesene SMS auf ihrem Display, und Hannah ertappte sich dabei, darüber enttäuschter zu sein, als ihr recht war.

Dann knipste sie das Licht aus. Eine Weile noch lag sie mit offenen Augen da und sah zum Fenster hinaus. Es war ganz still. Weiße Flocken fielen in die Schwärze der Nacht und deckten den Hof lautlos zu.

2

Als sich die Schiebetür vor ihr öffnete und sie hindurchging, dachte Hannah, es sei vollkommen unwirklich, wie schnell diese letzten Wochen vergangen waren. Sie musste daran denken, wie sie, aufgeregt und nervös, dieses Gebäude zum ersten Mal betreten hatte, wie sie am Empfang gefragt hatte, wo sie hin müsse.

Es fühlte sich seltsam an, zu wissen, dass sie heute zum letzten Mal im fünften Stock aussteigen würde, dann nach links gehen, gleich wieder nach rechts abbiegen, die Kaffeeküche betreten, um eine große Tasse Kaffee zu holen, die Kollegen, die dort bei der Kaffeemaschine standen, grüßen, schließlich in den Newsroom gehen, ans linke hintere Ende, zum Wissensressort, in dem sie gelandet war, obwohl sie fachlich nicht unbedingt dafür prädestiniert war. Es fühlte sich seltsam an zu wissen, dass sie morgen nicht mehr hier sein würde, dachte Hannah, zu wissen, morgen würde vielleicht schon ein anderer an dem Platz sitzen, an dem sie jetzt saß, und aus derselben Tasse seinen Kaffee trinken, aus der sie ihn in den letzten Wochen getrunken hatte. Jeder Schritt fühlte sich heute seltsam an, unwirklich und ein wenig traurig.

Neuen Arbeitsauftrag gab es keinen mehr für sie an diesem Tag, stattdessen solle sie drei große Tafeln Schokolade besorgen, um halb eins würden sie verabschiedet werden, die anderen Volontäre sollten Brötchen und Sekt kaufen, hieß es in der Redaktionssitzung. Lieber wäre Hannah gewesen, sie hätte an einem Artikel basteln dürfen, aber sie wusste, das war als nette Geste gedacht, die Wertschätzung ausdrücken sollte für ihre

Arbeit. Und im Grunde war es ohnehin egal, was sie dachte, dachte sie dann, sie war Volontärin und würde alles tun, was man ihr sagte, von der ersten bis zur letzten Minute, und zwar bestmöglich, mit vollem Einsatz, gutgelaunt.

Sie hatten längst begonnen, Brötchen zu essen, als kurz nach eins der Chefredakteur mit hastigen Schritten den Newsroom durchquerte und mit lautem Knall schnell eine Sektflasche öffnete, die ihm der Chef vom Dienst reichte. Noch während sie einander Sekt in die Plastikgläser gossen, begann der Chefredakteur mit seiner kleinen Ansprache. Wie sie sicher ahnten, habe er nur wenig Zeit, sagte er, in einer Viertelstunde müsse er wieder los. »Sie wissen inzwischen ja, wie das ist bei uns«, sagte er, »solange sich die Welt dreht, heißt es für uns: wach sein, schnell sein, präsent sein, kritisch sein.« Und er fuhr fort: »Ganz besonders heißt es das ab morgen für Sie. Sie hatten jetzt acht Wochen Zeit, sich hier unvergesslich zu machen, ich hoffe, Sie haben diese Chance genutzt. Der Markt ist hart, das wissen Sie, und die Krise allgegenwärtig. Für Sie heißt es jetzt also: kämpfen! Beweisen Sie uns, dass Sie hierher gehören, lassen Sie sich was einfallen, seien Sie originell, zeigen Sie uns, was Sie hier alles gelernt haben. Und fangen Sie am besten jetzt sofort damit an. Denken Sie daran, die Konkurrenz schläft nicht, am Montag fangen acht Neue hier an, die wollen genau das Gleiche wie Sie. Also kämpfen Sie!« Und er erhob sein Glas, sagte »Auf Ihre Zukunft« und trank es beinahe ex aus, schüttelte allen acht der Reihe nach schnell die Hand, grüßte in die Runde und ging dann wieder zurück an seinen Platz ins »Auge«, ins runde Zentrum des Newsrooms, nahm den Hörer und telefonierte.

Danach löste sich die kleine Versammlung fast augenblicklich auf, die Redakteure, die sich dazugestellt hatten, räumten das Buffet leer, nahmen Schokolade und Brötchen mit an ihren

Platz, ein paar klopften Hannah und den anderen noch beiläufig auf die Schulter, wünschten alles Gute.

Andrea, die das Wissensressort leitete, in dem sie gearbeitet hatte, kam zu Hannah, um eigens nochmals mit ihr anzustoßen. Sie fragte sie, wie nun ihre Pläne wären, ob sie weiterhin in Berlin sein würde oder zurückginge, und Hannah antwortete sofort, dass sie hier bleiben würde, natürlich, und sich freuen würde, wenn sie weiterhin als Freie Artikel liefern dürfte, obwohl sie noch gar nicht richtig nachgedacht hatte darüber, was sie jetzt weiterhin machen wollte, aber sie wusste, das war die richtige Antwort auf die Frage. Und als Andrea sagte, »klar doch, du rufst an oder mailst, ich hab ja auch deine Nummer, wir können immer wieder mal wen gebrauchen, der auch kurzfristig was übernimmt, einspringt, du weißt schon«, freute sich Hannah. Sie hatte sie immer wieder gelobt für ihre Texte, also meinte sie es vielleicht wirklich ernst.

Und dann standen die Volontäre alleine da mit ihren halbleeren Gläsern. Mit den meisten hatte Hannah kaum zu tun gehabt während der Wochen hier, in ihrem Ressort war sie die einzige Volontärin gewesen, am besten hatte sie sich mit Veronika aus dem Kulturressort verstanden, aber die war gestern schon abgereist, Richtung Hamburg zu einem nächsten Volontariat.

Einem von ihnen fiel ein, dass sie jetzt noch unbedingt ihre Kontaktdaten austauschen sollten, also begannen sie alle, ihre Mail-Adresse auf Zettel zu schreiben, bis jemand feststellte, dass doch ohnehin alle auf Facebook und LinkedIn oder Xing seien und sie sich also einfach alle adden könnten, sofern sie es nicht sowieso schon getan hätten, und sie hörten augenblicklich wieder auf damit. Sie tranken alle sehr schnell ihren Sekt aus, stellten die leeren Plastikgläser zurück auf den Tisch zu den halbleeren Brötchentabletts, ließen alles einfach so stehen, wünschten einander viel Glück und gingen dann zurück in ihre Ressorts, um ihre Plätze zu räumen.

Hannah sah, dass die Kollegen vom Sportressort gegenüber mit einem Volontär zusammenstanden, die drei Männer lachten, und sie ertappte sich dabei, ihren Kollegen zu beneiden, offensichtlich stimmte da die Chemie, dachte Hannah, seinen Namen würde sie sicher auch weiterhin in der Zeitung lesen. Aber vielleicht ihren eigenen auch, dachte sie dann, so schlecht waren die Chancen doch wirklich nicht, sie sollte positiv denken, man musste positiv denken, Menschen, die positiv dachten, hatten eine höhere Lebenserwartung, das hatte sie gerade vorgestern selber in einem Bericht geschrieben, es gab eine neue große amerikanische Studie dazu, und als sie das dachte, fragte sie sich, ob es sein konnte, dass sie den Sekt spürte, den sie so schnell getrunken hatte, sie hatte mittags ja nichts gegessen.

Als sie ihren Computer heruntergefahren hatte, wusste sie nicht recht, was sie tun sollte. Andrea war schon unterwegs zu einem Termin, hatte sich schon verabschiedet von ihr, ansonsten saß nur eine Redakteurin drei Plätze weiter, die Kopfhörer trug, um sich auf ihren Text konzentrieren zu können. Hannah klopfte ihr kurz auf die Schulter und sie verabschiedeten sich voneinander, dann läutete das Telefon und ihre Kollegin musste rangehen, aber sie sähen sich ja sicher ohnehin in der nächsten Zeit mal wieder, meinte sie noch und winkte ihr nach, als sie den Hörer abnahm und Hannah mit langsamen Schritten aus dem Newsroom hinausging.

Nachdem sich die Schiebetür hinter ihr geschlossen hatte, machte Hannah noch drei Schritte auf den Gehsteig, dann hielt sie inne. Sie wusste nicht, wohin sie gehen sollte. Ihr Plan hatte exakt bis hierher gereicht, bis hierher und nicht weiter.

Sie drehte sich wieder um, starrte zurück ins Foyer, aus dem sie eben gekommen war.

Sie hatte nicht darüber nachgedacht, was sein würde, wenn die paar Wochen bei der Zeitung vorüber wären. Und jetzt waren sie vorüber und sie stand da und wusste nicht, was sie machen sollte.

Kurze Zeit später saß Hannah im Starbucks am Alex, der übervoll war mit Touristen, denen draußen zu kalt war. Hannah hatte gedacht, sie sollte etwas essen, sie war zweifellos leicht betrunken, etwas zu essen würde ihr gut tun. Sie besorgte sich einen Tall Chai Tea Latte und ein Blueberry Muffin, fand sogar noch einen Sitzplatz an dem langen Tisch vor einer der großen Fensterscheiben und ließ sich in das bunte Gemisch aus Stimmen und Sprachen fallen, wärmte ihre Hände an der Tasse und blickte nach draußen auf den Platz mit den vielen Leuten.
Ihr Telefon vibrierte. Es war eine SMS von Jakob. Das Display zeigte ein Fragezeichen. Hannah musste lächeln, sie musste immer lächeln, wenn Jakob sein Fragezeichen schickte. Das war seine Art zu fragen, wie es ihr ging, immer schon gewesen, auch als sie noch zusammen waren. Gelegentlich schickte er noch ein Smiley mit, heute nicht.
Hannah zögerte. Bisher hatte sie immer sofort auf Antworten gedrückt und losgetippt, wenn Jakob sich gemeldet hatte, jetzt zögerte sie das erste Mal, was sie ihm schreiben sollte. Sie wusste nicht, wie es ihr ging, das war die Wahrheit. Und vor allem wusste sie nicht, was sie jetzt überhaupt weiter tun sollte – hier bleiben? Miriam hatte gemeint, sie könne bleiben, so lange sie wolle. Wohin sollte sie sonst auch gehen?
Ihr Display blinkte erneut und riss sie aus ihren Gedanken. Miriam hatte ihr geschrieben. Sie schrieb über das Chaos in Moskau, über die Stadt, die selbst für sie eine Herausforderung war, davon, dass sie noch nicht das Gefühl hatte, angekommen zu sein, sie noch immer nicht bei Ikea gewesen war und dass sie das endlich tun wolle und sie sich ernstlich frage, warum sie sich das alles überhaupt antat. Aber das Gefühl, sich selbst als

Russland-Korrespondentin zu hören, das sei schon etwas, und dahinter zwinkerte ein Smiley.
Natürlich fragte Miriam auch, wie der letzte Tag gewesen war, und sie schrieb, sie solle nur ja nicht depressiv werden, wenn sie jetzt so allein in Berlin sei. Das gehöre dazu, es würde sich alles geben. Sie schrieb: »Weißt du noch, wie es mir gegangen ist, damals, als ich nach Berlin gegangen bin. Weißt du noch? Damals war ich so verloren … aber im Grunde bin ich das jetzt wahrscheinlich auch noch, nur auf eine andere Art. Sind wir ja alle …« Und als PS setzte sie hinzu: »Iss Honigbrote! Ich esse ständig Honigbrote hier. Das hilft gegen die Kälte. Moskau ist so kalt!«
Wie gut, dass es Miriam gab, dachte Hannah. Sie sah nach draußen. Der Himmel war milchig-weiß, es war Ende Januar und sehr kalt. In Berlin lag Schnee, den ganzen Tag über hatte es schon leicht geschneit und jetzt fielen immer dichter Flocken vom Himmel. Hannah sah ihr Spiegelbild im Fensterglas, die großen dunklen Augen, zwischen den dicken Schneeflocken, die auf den Alexanderplatz fielen.
Dann antwortete sie Jakob, es sei seltsam gewesen, heute zum letzten Mal in die Redaktion zu gehen. Es sei so schnell vergangen und sie wäre gern noch geblieben und sie wisse nun nicht recht, wie es weitergehen solle. Sie könne zwar als Freie weiter dort arbeiten, aber wie das genau sein würde, wie regelmäßig und so weiter, das wisse sie nicht. Und wie es ihm gehe und dass ihr ihr altes Leben immer mehr fehle, auch das schrieb sie ihm. Und, so setzte sie hinzu, sie wüsste inzwischen wohl, dass es egoistisch von ihr gewesen sei, unbedingt hierher kommen zu wollen, und dass er natürlich recht gehabt habe, es sei anderswo auch nicht leichter und besser, sie selbst sei keine andere, löschte das alles dann aber. Es reichte die Andeutung, dass es keineswegs sicher sei, dass sie weiter hier bleiben würde. Darauf konnte Jakob antworten. Er müsste nur schreiben,

dann komm zurück, und Hannah hätte noch heute ihre Koffer gepackt oder wäre vielleicht sogar gleich ohne Koffer zum Bahnhof gefahren, um in den ersten Zug zu steigen zu ihm, so wie ihr im Moment zumute war.

Sie holte sich noch einen Chai Tea Latte und wollte sich dann wieder an ihren Platz setzen, als sie sah, wie ein junger Mann gerade ihre Jacke zur Seite schieben wollte, um sich selbst auf den Platz zu setzen. Sie war schnell genug, um das Missverständnis zu klären. Der Mann zischte irgendetwas, was Hannah nicht verstehen konnte, und wandte sich verärgert ab. Hannah war verstört. Warum war ihr der Mann so feindselig begegnet? Sie konnte doch nichts dafür, dass sie schon früher hier gewesen war und den Platz besetzte. Vorsichtshalber kontrollierte sie ihre Jackentaschen. Es konnte im Grunde nichts Wertvolles fehlen, ihr Portemonnaie hatte sie bei sich getragen und die Wohnungsschlüssel waren noch da, nur das Telefon fehlte, stellte Hannah erschrocken fest, ehe ihr einfiel, dass sie es vorhin ja in ihre Hosentasche gesteckt hatte, wo es sich immer noch befand.

Sie wartete auf Jakobs Antwort. Aber sie kam nicht. Ihr Telefon lag neben ihrer Tasse, das Display leuchtete nicht auf. Im Starbucks wurde es etwas ruhiger und Hannah starrte gedankenverloren auf das Treiben auf dem Platz draußen. Sie trank ihre Tasse Chai leer. Sie saß am Fenster. Sie starrte auf ihr Telefon, das griffbereit neben ihr lag.

Als Jakob auch nach einer Stunde nicht geantwortet hatte, stand Hannah schließlich auf und schlüpfte in ihren Parka. Sie ging einfach drauflos, die Karl-Liebknecht-Straße entlang, vorbei am verschneiten Schlossplatz. Sie war immer geradeaus weitergegangen, in Gedanken versunken, sodass sie geradezu erstaunt war, schon das Brandenburger Tor vor sich zu sehen. Sie hatte gar nicht bemerkt, dass sie schon so weit gegangen war. Sie bog links ab, Richtung Potsdamer Platz. Es schneite immer noch und ihr war kalt. Als sie zum Stelenfeld kam, blieb sie stehen. Die Stelen waren ganz leicht mit Schnee bedeckt. Sie ging in das Feld hinein, sie dachte an früher, an ihre Kindheit, als sie beim Spielen mit den Nachbarskindern gelegentlich in das Maisfeld am Ende des Weges gelaufen war, um dort Verstecken zu spielen. Sie hatte es gemocht, sich im Feld zu verstecken, das Gefühl, verschluckt zu werden von der Umgebung, unsichtbar zu sein für alle anderen, als könne man sich so ein paar Augenblicke stehlen, für sich allein, wofür auch immer.

Sie lehnte sich gegen den kühlen Stein einer hohen Stele schon recht weit in der Mitte und schloss die Augen. Aus der Ferne hörte sie leise die vorbeifahrenden Autos, aus der Nähe hallten Stimmen wider, ein Lachen, Jugendliche einer Reisegruppe, die einander gegenseitig erschreckten, indem sie plötzlich aus einer Stelen-Reihe hervorsprangen, Fangen spielten. Dann wurden die Stimmen leiser, sie hörte einen Vogel, der wohl in den Ästen des kleinen Baumes ein wenig weiter vor ihr saß.

Sie stand da und spürte die Kälte des Steins an ihrer Schläfe. Sie zog ihren linken Handschuh aus und legte ihre bloße Hand an den Stein. So stand sie da, Hand und Kopf an den kalten Stein der Stele gelegt, bis sie an nichts anderes mehr denken konnte als an die Kälte, die sie spürte, an das Stechen in ihrer linken Hand. Sie schloss die Augen und blieb so und zum ersten Mal an diesem Tag wurde sie ruhig, spürte nur den Schmerz der Kälte, der immer unerträglicher wurde, ihren ganzen Kopf ausfüllte, keine anderen Gedanken mehr zuließ, bis das Stechen irgendwann nachließ und das Gefühl aus ihrer Hand wich und sie gar nichts mehr spürte in ihren Fingern.

Sie öffnete die Augen und sah ihre eigene linke Hand ganz nah vor ihrem Gesicht, aber ihr war, als sähe sie da etwas Fremdes liegen, etwas, das nicht zu ihr gehörte. Und plötzlich hatte sie Angst, sie könnte tatsächlich festgefroren sein an dem Stein, und sie zog sie mit einem Ruck zurück, richtete sich auf, legte die eiskalte Hand an ihre Wange. Sie war völlig taub. Sie hielt sie vor den Mund, wärmte sie mit ihrem Atem, rieb sie mit der rechten, bis sie erst zu kribbeln begann und dann zu pochen, als das Blut endlich zurück in die Fingerspitzen kam. Ein scharfer Windstoß blies ihr ins Gesicht, sie kniff die Augen zusammen.

Als sie zuhause ihren Computer hochfuhr, sah sie, dass Jakob inzwischen eine Mail geschickt hatte. In der Ausführlichkeit, in der er jetzt schrieb, hatte er ihr schon lange nicht mehr geschrieben. Er schrieb, sie solle in Berlin bleiben und versuchen, sich als Freie ihren Platz zu erkämpfen, er benutzte dieselben Worte wie der Chefredakteur bei ihrer Verabschiedung, fiel Hannah auf. Das habe sie ja schließlich gewollt, deshalb sei sie ja nach Berlin gegangen. Er schrieb nicht, sie solle heimkommen, zurück zu ihm, er schrieb, er glaube nicht, dass sie zuhause bei ihm, mit ihm, glücklich sein könne, er habe viel nachgedacht darüber. »Du würdest es doch nur als Niederlage empfinden. Du würdest denken, du hättest zu schnell aufgegeben, und ich bin sicher, dass ich das irgendwann zu spüren bekommen würde – dass du wegen mir wieder zurückgekommen bist, nicht weil du es selber wolltest, weil du ein Leben hier wolltest. Das hattest du ja, und dann wolltest du es nicht mehr. Es bricht mir fast das Herz, dir das zu schreiben. Du fehlst mir.«
Hannah sank in ihren Sessel zurück. Eine Weile starrte sie nur den Bildschirm des Computers an, dann scrollte sie wieder ganz hinauf und las Jakobs Mail noch einmal und dann noch einmal.
Dreimal hintereinander las sie Jakobs Mail, als könne sie nicht glauben, was sie las, als könne ihr Wille den Inhalt während des Lesens verändern. Aber was hatte sie sich denn auch erwar-

tet? Jakob hatte ja Recht, es war ihre Entscheidung gewesen, sie hatte hierher kommen wollen, es versuchen wollen. Und ein Teil von ihr hätte es mit Sicherheit als Niederlage empfunden, jetzt schon aufzugeben und zurückzuziehen zu ihm. Aber der andere Teil hätte sich nichts mehr gewünscht, als genau das zu tun, heimzufahren, bei ihm zu sein, nicht mehr allein zu sein.

Hannah ging in die Küche. Obwohl sie kaum Appetit hatte, beschloss sie zu kochen. Sie hatte den ganzen Tag über fast nichts gegessen. Sie machte sich, wie so oft, Nudeln mit Pesto und schaltete in der kleinen Küche das Radio ein. Früher hatte sie kaum Radio gehört, aber seit sie hier war, allein, war es zu einer selbstverständlichen Gewohnheit geworden, es meistens gleich, wenn sie nach Hause kam, einzuschalten.

Sie setzte sich mit ihrem Teller Nudeln an den kleinen, runden Küchentisch am Fenster und begann lustlos zu essen. Nach den Nachrichten stellte sie das Radio ab, sie wollte keine Musik hören, heute nicht.

Hannah wunderte sich über die vollkommene Stille, die da plötzlich war. Das einzige Geräusch, das sie durchbrach, war ihre Gabel, die an den Teller stieß, und ihr eigenes Kauen. Irgendwann ließ sie die Gabel sinken. Und dann kamen die Tränen. Plötzlich musste sie sehr heftig weinen. Sie schob den Teller zur Seite und stützte ihren Kopf in ihre Arme und weinte eine ganze Weile, bis sie keine Tränen mehr hatte. Dann suchte sie in ihrem Kosmetiktäschchen nach den Tabletten, die ihr in den ersten Wochen nach der Trennung geholfen hatten, wenigstens ein paar Stunden zu schlafen, und fiel bald darauf in einen dumpfen, traumlosen Schlaf.

3

Als Hannah dem *strassenfeger*-Verkäufer begegnete, waren Wochen vergangen, Wochen, in denen die Zeit zu zerfließen schien, in denen die Tage einander so sehr glichen, dass Hannah glaubte, ein und denselben Tag wieder und wieder zu erleben, in einem fort.

Wie so oft in letzter Zeit war sie auch an diesem Tag erst gegen Mittag aus dem Bett gekommen. Sie wusste, das kam von den Tabletten, die sie jetzt wieder beinahe jeden Abend nahm, um schlafen zu können, sie machten sie träge und riefen eine Benommenheit hervor, die sich immer erst nach zwei, drei Stunden Wachzustand legte. Wenn sie aufwachte, war ihr meist ein wenig schwindlig, und sie konnte sich dann nicht und nicht dazu überreden, aufzustehen.

Sie lag da, in einer Art Dämmerzustand, und der Fokus ihrer Gedanken war ganz klein. Sie konnte nichts anderes denken, als dass sie jetzt aufstehen müsse, wozu sie zunächst die Bettdecke zurückschlüge und dann zuerst den rechten Fuß auf den Boden setzte, dann den linken. Dann ginge sie Richtung Küche, dafür bräuchte sie elf Schritte. Dort würde sie den Wasserhahn öffnen und Wasser in den Wasserkocher füllen, sich, bis das Wasser fast kochte, ans Fenster stellen, hinaussehen in den Hof. Hier waren ihre Gedanken abgebrochen und sie hatte wieder von vorn begonnen, sich darauf zu konzentrieren, was sie jetzt also zu tun hätte. Sie stellte sich alles sehr konkret vor: Wie es plötzlich kalt würde, wenn sie die Decke zurückschlüge, wie dann der Dielenboden unter ihren Füßen knarren würde, das Geräusch des Wassers, wenn sie es in den Wasserkocher füllte, die Gefahr, dabei den Wasserhahn zu plötzlich zu fest aufzudrehen und eiskalte Wasserspritzer auf der rechten Hand und dem rechten Unterarm zu spüren. Das alles erschien ihr kümmerlich und traurig, sodass sie es nicht über sich brachte, tatsächlich die Bettdecke zurückzuschlagen, und stattdessen noch einmal ihren Kopf tiefer ins Kissen vergrub. Sie war nicht bereit für diese Kälte, für das Knarren des Dielenbodens, kaltes Wasser auf ihrer Haut. Und sonst wartete nichts auf sie und es rief auch niemand an, um zu fragen, wo sie blieb. Sie hatte keine Arbeit, sie wurde nirgendwo erwartet, sie fehlte niemandem.

Erst als ihr Magen ganz laut geknurrt hatte, war sie heute schließlich doch aus dem Bett geklettert, hatte Wasser für den Tee aufgesetzt und Honigbrote gegessen und war dann, wie immer in diesen Wochen, zur U-Bahn am Senefelder Platz gegangen. Jetzt saß sie in der U2 und hörte, wie der *strassenfeger*-Verkäufer, der mit ihr eingestiegen war, zu sprechen begann. Er hatte sich für die kleine Ansprache, die er hielt, am Kopfende des Waggons positioniert. Er bat darum, ihm eine Zeitung abzukaufen oder ihm sonst eine kleine Spende zu geben. Hannah war überrascht, wie schön er sprach. Es klang so vornehm, wie er sich ausdrückte, dachte sie. Und wie er sich dann langsam, nachdem er geendet hatte, durch den Waggon bewegte und seine Kappe aufhielt, in der Hoffnung, jemand möge ihm etwas Geld geben, das war würdevoll, dachte Hannah, und sie fragte sich, wann sie zum letzten Mal dieses Wort gedacht hatte.

Sie fand, sie sollte ihm etwas geben, wenn er zu ihr kam. Aber niemand sonst steckte ihm etwas zu. Also ließ auch sie es bleiben. Außerdem hatte sie ja selber kaum Geld. Das Zwei-Euro-Stück, von dem sie wusste, dass es in ihrem Portemonnaie lag, konnte sie ihm nicht geben, sie brauchte es selber für das Schließfach in der Bibliothek, und ihm einen Geldschein zuzustecken, war ihr nicht möglich, jeden Tag in der Bibliothek überlegte sie aufs Neue, ob sie sich mittags ein Sandwich

thek überlegte sie aufs Neue, ob sie sich mittags ein Sandwich leisten durfte oder ein Automatenkaffee reichen musste. Die Wendung »sich etwas vom Mund absparen« verstand sie inzwischen gut.

Der *strassenfeger*-Verkäufer stieg direkt vor ihr am Potsdamer Platz aus, aber anstatt hinaufzugehen, auf den Platz hinaus, nahm er die einfahrende U-Bahn am gegenüberliegenden Gleis. Sie sah sich noch einmal nach ihm um und bereute jetzt, ihm nichts gegeben zu haben.

Kurze Zeit später stand Hannah zwischen den Schließfächern der Staatsbibliothek und packte ihr Notebook in die durchsichtige Bibliothekstasche, in die man alles stecken musste, was man mit hinein in die Leseräume nehmen wollte. Dass sie die Staatsbibliothek entdeckt hatte, war ein Glücksfall. Es war ein Ort, an dem sie sich nicht so einsam fühlte wie in Miriams leerer Wohnung. Das hatte ihr auch früher oft geholfen: Wenn Jakob im Krankenhaus war und sie allein in der Wohnung nicht arbeiten konnte, war sie immer in die Bibliothek gefahren.

Hannah mochte das Gebäude auf Anhieb. Die Atmosphäre, die der Raum ausstrahlte, seine Größe, die terrassenartigen Emporen, die durch scheinbar lose im Luftraum schwebende Treppen miteinander verbunden waren, und die riesigen Fenster, durch die matt das warme Tageslicht hereinfiel, gefielen Hannah sehr. Sie fühlte sich geborgen hier, empfand so etwas wie Komplizenschaft zwischen sich und den anderen schweigenden Monaden, die still vor sich hinarbeiteten. Niemand sprach ein Wort, es wurde nur gelegentlich geflüstert, alle saßen über ihren Büchern, schrieben, lasen oder schliefen, den Kopf auf die überkreuzten Arme gebettet. Der Teppich, der den Boden der ganzen Bibliothek bedeckte, schluckte das Geräusch der Schritte fast gänzlich. Das Einzige, das man hörte, war das Tippen auf Computertastaturen, gelegentlich ein Niesen, ein Räuspern oder Husten. Ein wenig erinnerte Hannah die Bibliothek an einen Bienenstock – nur sehr viel stiller –, vielleicht, weil die Plattformen, auf denen die Tische standen und die in den großen Raum hineinragten, wabenartig angeordnet zu sein schienen und alles honigfarben war, selbst das Licht, das durch die Scheiben fiel.

Sie hatte inzwischen so etwas wie einen Stammplatz, an dem sie saß, im dritten Obergeschoss bei der sozial- und politikwissenschaftlichen Abteilung. Heute war sie zwar spät dran, aber ihr Tisch war noch frei, der Inder, der sonst manchmal schon dort saß, wenn Hannah erst um die Mittagszeit kam, war nicht da. Vielleicht war Wochenende, dachte Hannah. Seit sie keine Arbeit mehr hatte, brachte sie die Wochentage immer häufiger durcheinander.

Sie klappte ihr Notebook auf und öffnete als Erstes ihre Mailbox. Keine Post. Immerhin vier Artikel hatte sie noch bei ihrer Ressortleiterin unterbringen können, aber dann war Andrea zwei Wochen in Urlaub gewesen, und seither hatte sie auf keinen ihrer Vorschläge mehr reagiert. Dabei musste sie doch schon längst wieder hier sein, dachte Hannah, und sie beschloss, ihr später nochmals zu schreiben.

Als Nächstes sah sie die Jobbörsen durch, wie jeden Tag. Und wie jeden Tag wusste sie bereits im Vorhinein, sie würde nichts finden, auf das ihr Profil passte, oder zumindest nichts, auf das ihr Profil besser passte als irgendein anderes von einem der Tausenden, die wie sie täglich diese Jobbörsen durchsahen. In der ersten Zeit nach dem Ende ihres Volontariats hatte sie sich für alle möglichen Stellen beworben, bei Museen, Verlagen, Werbeagenturen, für alle Stellen, von denen sie geglaubt hatte, sie könne die Anforderungen erfüllen, auch wenn sie gleichzeitig gewusst hatte, es würde andere geben, die einschlägiger gearbeitet hatten, deren Lebenslauf genauer auf das geforder-

te Profil passte oder die über persönliche Bekanntschaften im Vorteil waren.
Inzwischen war von dem Enthusiasmus und der Hoffnung, mit der sie begonnen hatte, nicht mehr viel übrig. Bisher war sie zu keinem einzigen Gespräch eingeladen worden und von den Redakteuren, die sie angeschrieben hatte, hatte sie entweder gar keine Antwort erhalten oder aber war vertröstet worden. Niemand schien ihre Artikelvorschläge zu brauchen. Man bedauerte, aus Platzgründen oder Geldmangel oder fehlenden Ressourcen nichts annehmen zu können, ihre Bewerbung nicht akzeptieren zu können, nichts tun zu können für sie. Immer hieß es, die Entscheidung sei aufgrund der Vielzahl der Bewerber sehr schwergefallen und es habe nichts mit ihrer Qualifikation zu tun und man bedauere, dass man keine positive Nachricht geben könne, und wünsche alles Gute für den weiteren Berufsweg. Immer hieß es das: Man habe sich für jemand anderen entschieden, aber es habe nichts mit ihr zu tun. Aber womit denn dann?
Nachdem sie eine Weile online Zeitungen gelesen und sich durch ihre Lieblingsblogs geklickt hatte, sah sie rechts unten auf dem Bildschirm nach der Uhrzeit und stellte erleichtert fest, dass es bereits sechzehn Uhr war. Sie könnte jetzt also eigentlich in die Cafeteria gehen, einen Automatenkaffee trinken und sehen, ob sie Miriam auf Skype erwischte. Es musste sechs sein oder sieben, Hannah vergaß immer, ob es zwei oder drei Stunden waren, die Moskau voraus war, es war jedenfalls eine gute Zeit, um mit Miriam zu skypen, wusste Hannah. Draußen regnete es inzwischen in Strömen.
In der Cafeteria war es voll und laut. Hannah holte sich ihren Cappuccino und verzog sich dann mit ihrem Notebook ans Ende des langen Raumes, in eine möglichst ruhige Ecke, und schickte Miriam eine Sofortnachricht. Miriams Antwort kam schnell: »Fünf Minuten! Süße, ich muss unbedingt mit

dir reden. Gleich, ja?«, stand im Skype-Fenster. Hannah wartete und starrte in den Regen hinaus, bis Minuten später das Skype-Fenster blinkte und Miriam sich meldete.
Miriam hatte sich verliebt, in einen sehr viel älteren OECD-Beauftragten. Leider war Markus verheiratet, das hatte er ihr auch gesagt, aber erst, nachdem sie die erste Nacht zusammen verbracht hatten, und dass er es bleiben wolle. Das war vorgestern gewesen. »Das Dumme ist«, schrieb sie, »ich mag ihn. Ich mag ihn wirklich. Warum hat er mir das nicht vorher gesagt? Wobei … womöglich hätte das auch gar nichts geändert, ich mag ihn nämlich wirklich. Es ist so ungerecht!«
»Ist dann nur die Frage, was besser ist – dein Affären-Liebeskummer oder mein Trennungs-Liebeskummer ;–)«, tippte Hannah zurück.
Es kam ein Smiley und dann, nach ein paar Sekunden, die Frage: »Wie geht's dir denn, Süße?«
Hannah zögerte. Dann tippte sie: »Weiß nicht … nicht gut …«
Während Hannah noch schrieb, kam schon die nächste Frage von Miriam: »Meldet er sich immer noch so oft?«
»Yes, und ich schreibe ihm immer sofort zurück und hasse mich dafür!!«
Und als Miriam nicht gleich zurückschrieb, tippte sie weiter: »Ich glaube, es tut mir nicht gut, wenn ich so viel Kontakt habe mit ihm. Aber ich kann nichts machen! Ich MUSS ihm einfach antworten. Und immer, wenn mein Telefon vibriert, dann hoffe ich, es ist ER. Das hört einfach nicht auf.«
»Genau wie ich bei Markus! So schrecklich. Wenn man verliebt ist, ist man der ärgste Trottel!«, antwortete Miriam.
Der Cursor blinkte eine Weile, weil keine der beiden schrieb, dann tippte Hannah: »Ich frage mich nur, warum er sich immer noch so oft meldet … Im Grunde machen wir jetzt genau das, was man bei einer Fernbeziehung macht, was er aber eigentlich nicht machen wollte: Wir skypen, wir simsen,

wir mailen ... es bleibt nur immer alles so an der Oberfläche. Ich weiß nicht, wie ich damit umgehen soll. Aber andererseits versuche ich auch gar nicht, das zu durchbrechen. Ich spiele einfach brav mit dabei ...«

Hannah wartete auf Miriams Antwort. Aber es kam keine. Irgendwann tippte sie: »Bist du noch da?«, aber auch darauf kam nichts mehr zurück.

Seltsam, dachte Hannah, die Verbindung hatte bisher noch nie Probleme gemacht und sie hätte gern noch weitergeredet mit Miriam. Sie schickte noch ein Fragezeigen, wartete und schrieb dann, als nichts zurückkam, sie sei noch eine Weile in der Bibliothek, jederzeit erreichbar, und: »wenn ich wenigstens irgendwo ein paar Artikel unterbringen könnte ... Aber das klappt ja auch nicht!!! :-(«

Dann ging sie zurück in den Leseraum. Sie hatte keine Lust, sich wieder an den Tisch zu setzen, also stellte sie nur ihr Notebook ab und tat dann so, als suche sie nach einem Buch. Sie schlenderte durch die Regale, blieb stehen, nahm eines heraus, gab vor, sich das Inhaltsverzeichnis anzusehen. Dabei sah sie durch die Regale hindurch den anderen zu, versuchte herauszufinden, was sie machten. Sie studierte von der Seite die Gesichter, die sie sah, fragte sich, ob sie entspannt aussahen oder ob man darin Verzweiflung lesen konnte. Sie versuchte zu zählen, wie viele mit Knöpfen in den Ohren Videos ansahen, wie viele chatteten oder E-Mails schrieben und wie viele tatsächlich arbeiteten. Es dauerte nicht lange und sie hatte zehn entdeckt, auf deren Bildschirm sie das YouTube-, Google- oder Facebook-Logo ausmachen konnte. Zehn Mit-Monaden, die allesamt eindeutig nicht arbeiteten, das beruhigte Hannah. Als sie bei fünfzehn war, klappte sie das Buch, das sie gerade aufgeschlagen hatte, zu und stellte es ins Regal zurück.

Vielleicht ging es ja allen ähnlich wie ihr, dachte Hannah, als sie langsam zu ihrem Platz zurückging. Vielleicht waren alle nur hier, weil sie zuhause nicht allein sein wollten. Vielleicht fühlten alle diese Aussichtslosigkeit, die sie fühlte. Vielleicht war dieses Gefühl normal. Vielleicht war das einfach das Erwachsenenleben, immer schon gewesen, und sie waren nur in keiner Weise darauf vorbereitet worden. Vielleicht. Vielleicht. Vielleicht.

Als sie später an ihrem Platz das Notebook wieder aufklappte, blinkte ihr Skype-Fenster, aber es war nicht Miriam, es war Jakob, der sie in ihrer Abwesenheit angeschrieben hatte. Jakob hatte sein Fragezeichen geschickt und als sie nicht geantwortet hatte, noch einmal geschrieben und gefragt, wie es ihr gehe, und geschrieben, er sei so müde, hätte einspringen müssen für einen Kollegen und Arsenal habe gegen ManU verloren, natürlich völlig zu Unrecht. Und als sie dann wieder nicht geantwortet hatte, hatte er ihr einen Link zu einem YouTube-Video geschickt und dazu geschrieben: »Musst du dir unbedingt ansehen … total schräg!!«

Der Video-Link, den Jakob geschickt hatte, zeigte einen Mann in einem seltsamen Anzug, der von einem Felsen sprang oder vielmehr gar nicht sprang, sondern sich einfach kopfüber nach vorn in den Abgrund fallen ließ. Im ersten Moment erschrak Hannah, sie glaubte, der Mann spränge in den Tod und jemand habe das auf YouTube gestellt. Dann sah sie, wie der Mann Arme und Beine weit aufspannte und durch die Luft flog, ganz nah am Berg. Ein zweiter, der offensichtlich eine Helmkamera trug, flog dicht hinter ihm und filmte ihn dabei. Der Videotitel sprach von »proximity base jump«.

Es gab jede Menge ähnlicher Videos, die Hannah in der Spalte rechts vorgeschlagen wurden, von Basejumpern in Wingsuits, die sich einfach so kopfüber in die Tiefe fallen ließen. Sie sprangen mit ihren bunten Ganzkörperanzügen aus Helikoptern, von Wolkenkratzern oder von Bergen einfach in die

Tiefe, spannten Arme und Beine auf und flogen in rasendem Tempo Felswände oder Kanten entlang Richtung Erde. Und irgendwann öffnete sich dann ein Fallschirm und die Männchen glitten langsam und behutsam zu Boden. Auf der Erde gelandet, brachen sie in lauten Jubel aus, schrien und lachten. Das musste vom Adrenalin kommen, das der Körper bei Angst produziert, dachte Hannah, als sie, staunend und fasziniert, auf den Bildschirm sah. Sie selbst hätte das niemals gemacht. Sie fürchtete sich vor Höhe. Sie konnte kaum auf einem Balkon stehen, ohne sich am Geländer festzuhalten, und sie vermied es immer, nach unten zu sehen.
Und dann sah sie ein Wingsuit-Männchen nach unten aus dem Bild fallen und diesmal schien es tatsächlich so, als fiele es, es flog nicht wie die anderen. Das Bild verdrehte sich, die Kamera versuchte, das Männchen wieder einzufangen, aber es gelang ihr nicht. Und da erst verstand Hannah, was sie da eben gesehen hatte. Der Mann war tot. Eben hatte er noch in die Kamera gegrinst und sich auf die Brust geschlagen, bevor er sich in den Abgrund gestürzt hatte, und Augenblicke später war er nach unten aus dem Bild gefallen, er war nicht mehr geflogen, er war gefallen. Er musste den Fels touchiert haben.
Unwillkürlich schlug Hannah ihre linke Hand vors Gesicht. Er musste tot sein. Ihr Herz klopfte. Der Mann war einfach aus dem Bild gefallen. Das Video lief immer noch weiter, aber man konnte nichts mehr erkennen, das Bild sprang zu sehr hin und her, dann wurde es schwarz und das Video brach ab. Ihr Tischnachbar links sah zu ihr herüber. Hannah nahm die Hand aus dem Gesicht. Sie schloss die Seite.
Sie konnte nicht mehr atmen. Ihr war, als drücke ihr jemand gewaltsam die Kehle zu. Sie schnappte ein-, zweimal vergeblich nach Luft. Mit einem heftigen Ruck sprang sie von ihrem Stuhl auf. Köpfe wurden nach ihr gereckt. Sie bemühte sich,

nicht zu laufen, damit man ihr nicht nachsah, ging, so schnell sie konnte, Richtung Toilette, lief die letzten Meter dann doch und stürzte durch die Tür. Und noch als sie die Tür hinter sich ins Schloss fallen hörte, riss sie, über ein Waschbecken nach vorn gebeugt, den Mund auf und versuchte, tief einzuatmen.

Tief einatmen, dachte sie, einatmen. Aber ihre Lungen wollten sich nicht mit Luft füllen. Ein und aus, ein und aus, sagte sie sich vor. Aber es gelang nicht. Ihr ganzer Körper schien sich innerlich zusammenzukrampfen. Der Mann war in den Tod gefallen, er war einfach tot und jeder konnte das sehen. Ihr wurde schwarz vor Augen und sie glaubte schon, jeden Augenblick ohnmächtig zu Boden zu sinken, auf den Fliesenboden zu knallen, sich dabei zu verletzen, am Kopf, selbst zu sterben, jetzt, hier, allein. Sie klammerte sich mit der linken Hand fester an den Beckenrand. Stand vornübergebeugt über das Waschbecken, um nicht nach hinten zu kippen, falls sie bewusstlos wurde. Nicht fallen, sagte sie sich, nicht loslassen. Atmen. Ihre Hände begannen zu zittern. Die Knöchel traten weiß hervor. Sie spürte, wie ihre Knie weich wurden und nachgeben wollten, wie sie langsam einknickten, und lehnte sich noch weiter vornüber, um nur ja nicht nach hinten wegzukippen. Ihr langes, offenes Haar fiel in das Waschbecken hinein, wurde nass. Trotzdem drehte sie den Wasserhahn voll auf. Mit der rechten schaufelte sie sich eiskaltes Wasser ins Gesicht, die linke blieb ans Becken gekrallt. Die Hand zitterte. Ihr Pullover wurde nass. Ihr Haar tropfte.

Und ob es nun das Wasser war, die plötzliche Kälte auf ihren Augen, den Wangen und dem Nacken, den sie auch befeuchtete, oder die Tatsache, dass sie es für Momente geschafft hatte, sich selbst von ihrer Atemnot abzulenken – plötzlich beruhigte sich ihre Atmung wieder, ihr Herz wurde langsamer. Sie fühlte, wie sich ihre Lungen mit Luft füllten und die augenblickliche

Entspannung in ihrem Körper, als hätte die unsichtbare Hand, die eben noch ihren Hals fest umschlossen hielt, ebenso plötzlich, wie sie zugepackt hatte, wieder von ihr abgelassen. Und als ein anderes Mädchen die Tür zu den Toiletten öffnete, sah es Hannah dort am Waschbecken stehen, ein Mädchen, das sich das Gesicht erfrischt hatte, nichts weiter, und fast bedauerte Hannah das, weil sie gern jemandem erzählt hätte, was ihr gerade passiert war.
Immer wieder hatte Hannah in diesen Wochen solche kleinen Anfälle von Atemnot gehabt, zuhause, wenn sie im Bett lag und versuchte einzuschlafen. Jetzt war es zum ersten Mal außerhalb von Miriams Wohnung passiert und sehr viel heftiger.

In der Nacht träumte Hannah schlecht, und es war das erste Mal seit langer Zeit, dass sie sich an einen Traum erinnerte, trotz der Tabletten, die sie schluckte. Sie träumte, sie stünde auf dem Dach eines Hochhauses oder auf einer Terrasse, die sich in großer Höhe befand. Sie hatte Angst, sie stand noch gar nicht in der Nähe des Geländers und hatte schon panische Angst. Jemand deutete ihr, sie solle näher kommen. Sie erkannte sein Gesicht nicht, aber er trug so einen Anzug wie ihn die Männchen auf YouTube trugen. Jemand schubste sie von hinten in seine Richtung, sie hörte jetzt Menschen applaudieren. Sie taumelte ein paar Schritte voran und schon griff der Mann mit einer Hand nach ihr und bekam ihren linken Arm zu fassen. Hannah wollte sich wehren, aber sie war zu schwach, sie wollte sprechen, etwas zu ihm sagen, aber sie konnte nicht. Kein Wort brachte sie über die Lippen, sie konnte ihn nur mit angstweiten Augen anstarren und mit ihren Augen flehen. Er lachte, auch die Leute, die immer wilder applaudierten, lachten, es war laut. Der Mann schob sie vor sich her und schlang seine Arme um sie. Sie gingen Richtung Abgrund, er schleifte sie wie ein Bündel mit sich mit. Sie wollte sich losreißen, ihm sagen, dass sie keinen Anzug trug wie er und sie beide sterben würden, wenn er sie festhielt, wenn er sprang. Wollte er fliegen, musste er seine Arme aufspannen. Das musste er doch wissen. Er konnte sie da nicht mitnehmen, sie hatte keinen solchen Anzug an.

Dann endlich schrie sie. Sie schrie, schlug wild um sich und versuchte sich loszureißen. Aber der Mann war viel zu stark, er lachte nur, es schien ihn zu amüsieren. Und dann durchfuhr es Hannah plötzlich: Sie würden springen und er würde sie fallenlassen. Ja, so würde es sein. Wollte er fliegen, musste er sie fallenlassen. Aber warum lachte er? Hannah würde fallen. Sobald er sie losließ, würde sie fallen. Sie würde zu Boden fallen, ihre Gliedmaßen würden zerschmettert werden. Sie wäre tot, sofort tot.

Sie waren dem Abgrund bereits nahe gekommen. Warum unternahm niemand etwas? Warum half ihr niemand? Es sahen doch alle, dass sie nicht springen wollte. Sie schrie. Sie schrie aus voller Kehle, als sie am Ende der Plattform standen und sich sein Arm noch fester um sie schloss.

Dann wurde für Sekunden alles weiß vor ihren Augen, bevor eine dunkle Welle über sie hinwegrollte und sie hinabriss in einen tieferen Schlaf, an den sie keine Erinnerung mehr behalten sollte.

4

Als die Einladung zum Test für die Lehrredaktion bei der größten Tageszeitung der Stadt kam, war es Frühling geworden. Hannah war erleichtert. Endlich gab man ihr eine Chance.
Jakob hatte ihr per SMS alles Gute gewünscht, sie hatte ihm vor zwei Tagen davon erzählt, es freute sie, dass er daran dachte, dass er immer noch an sie dachte, und zugleich wusste sie, dass sie sich nicht freuen sollte darüber, nicht zu sehr. Miriam drückte ihr die Daumen, sie hatten am Vorabend lange telefoniert, waren gemeinsam durchgegangen, was sie gefragt werden würde, was sie anziehen sollte, wie sie ihr Haar tragen würde.
Als sie an dem Tag das Gebäude betrat und sich beim Empfang anmeldete, hatte Hannah ein gutes Gefühl. Sie war ähnlich nervös, wie sie bei jedem Vorstellungsgespräch, das sie für alle ihre bisherigen Praktika absolviert hatte, nervös gewesen war. Ihr Herz klopfte ein wenig schneller, ihre Hände waren kalt, und sie versuchte, sie möglichst unauffällig ein wenig gegeneinanderzureiben, damit sie warm würden und man ihren Händedruck nicht als unangenehm empfände. Sie wusste, wie wichtig der erste Eindruck war, die Amygdala, der Mandelkern im menschlichen Gehirn, fällte blitzschnell emotionale Urteile, sie hatte irgendwann darüber geschrieben, der Mandelkern war wichtig, er hatte auch viel mit Angst zu tun, das hatte sich Hannah gemerkt.
Man schickte sie einen Stock höher in das erste Zimmer rechts, dort säßen schon andere Mitbewerber. Zwanzig hatte man eingeladen, nur drei würden genommen und durften ein halbes Jahr lang in drei verschiedenen Ressorts mitarbeiten.

Hannah grüßte, als sie das Zimmer betrat, sah in die Gesichter ihrer Konkurrenten. Die meisten schätzte sie jünger ein als sich selbst, das hatte sie erwartet. Es waren in etwa gleich viele Männer wie Frauen, ein einziger trug Anzug und Krawatte, zwei Mitbewerberinnen trugen Bleistiftröcke, knielang, alle anderen Hosen wie sie selbst, eine hatte die obligate hellblaue Bluse an, die Hannah immer wieder gesehen hatte bei Vorstellungsterminen. Die meisten wirkten recht uninteressant und überraschend brav, dachte Hannah. Noch ehe sie mit jemandem ein Gespräch hätte beginnen können, schloss ein Mann hinter sich die Tür und stellte sich als Chef vom Dienst vor, der sie heute durch den Vormittag begleiten würde. Das Ganze würde drei Stunden dauern, sagte er, sie würden alle schriftlich einen Wissenstest auszufüllen haben und einen Kommentar schreiben, direkt in das Redaktionssystem, im Newsroom, unter Echtbedingungen. Währenddessen würden sie in Vierergruppen zum Gespräch mit der Chefredaktion geholt werden. Von dem Wasser, das auf dem Tisch stand, könnten sie sich nehmen, einen Schokoriegel auch, sie würden das brauchen, Pause gäbe es keine.

Einer nach dem anderen griff nach einer Wasserflasche, dann marschierten sie los, wieder einen Stock tiefer ins Parterre, wo man sie in einen großen Raum führte, in dem viele Computer standen, an den Wänden Flatscreens, auf denen verschiedene Newschannels liefen. Ein Grüppchen von Redakteuren stand weiter vorn zusammen, die meisten sahen sich nicht einmal um, als sie in den hinteren Reihen Platz nahmen und ihre Zettel mit den Wissensfragen und der Angabe für ihren Kommentar erhielten.

Hannah kannte das alles, sie wusste, wie es zuging in einer Redaktion, sie kannte das Programm, in dem sie schreiben mussten, sie wusste, dass ständig nach jemandem gerufen wurde, ein Telefon klingelte, jemand lachte, sich unterhielt.

Es fiel ihr nicht schwer, sich trotzdem zu konzentrieren, sie war auch gar nicht mehr nervös, sie hatte einen guten Platz, saß in der letzten Reihe ganz im Eck und begann mit dem Wissenstest. Auf dem ersten Zettel stand als Überschrift »Kein Multiple-Choice-Test, sondern ein Wissenstest« und darunter lautete die erste Frage: »Worin besteht Ihrer Meinung nach der Unterschied zwischen einem Multiple-Choice-Test und einem Wissenstest?« Das amüsierte Hannah zwar, aber lieber wäre ihr gewesen, sie hätte nur Häkchen malen müssen. Bei offenen Fragen konnte man sich verzetteln und man wusste nicht, was gewünscht war, Originalität oder Ernsthaftigkeit. Zum Glück waren die übrigen Fragen tatsächliche Wissensfragen. Man fragte nach Olympiasiegern, nach den Namen von Staatsoberhäuptern, nach den Hauptwerken Kants, nach Schätzungen bezüglich Auflagenzahlen und so weiter. Hannah hatte das schnell erledigt.
Als Kommentar sollten sie über den Arabischen Frühling und die London Riots schreiben, das Thema lautete »Einen Steinwurf vom Marken-T-Shirt entfernt«. Das war interessant und einigermaßen schwierig, aber doch zu bewältigen, fand Hannah. Sie begann zu tippen, aber sie war noch nicht allzu weit gekommen, als ihr Name gerufen wurde. Zusammen mit ihr erhoben sich der Junge im Anzug, ein Mädchen, das Hannah sogar noch älter einschätzte als sich selbst, und die Blonde mit der hellblauen Bluse. Während sie im Eilschritt zwei Stockwerke hinaufgingen, kam die Nervosität zurück, Hannah hatte Gänsehaut, ihre Hände wurden wieder kalt, gleichzeitig begann sie ein wenig zu schwitzen, ihr Mund war plötzlich ganz trocken.
Der Chefredakteur sah noch jünger aus, als sie gedacht hatte, er war wohl noch keine vierzig. Neben ihm saßen noch zwei Männer, der stellvertretende Chefredakteur und der Verantwortliche für die interne Fortbildung, der sie betreuen würde

während ihrer »Ausbildung«, wie er es nannte. Frau war keine dabei. Es war schnell klar, wie die drei Rollen, die es fast immer gab bei solchen Gesprächen, verteilt waren. Den bad guy gab der Chefredakteur, den good guy sein Stellvertreter, und der stille Beobachter schien der Ausbildner zu sein. Gefragt wurde alles Mögliche, welches Thema sie morgen für den Leitartikel vorschlügen, warum sie unbedingt bei dieser Zeitung arbeiten wollten, warum sie überhaupt Journalisten sein wollten, ob sie Vorbilder hätten, was an der Zeitung sie für verbesserungswürdig hielten, ob sie glaubten, das monatliche Salär von vierhundertfünfundneunzig Euro sei angemessen. Wer antworten wollte, der tat das einfach, direkt angesprochen wurden sie nicht. Die Blonde in der blauen Bluse empfand Hannah kaum als Konkurrenz, sie war zu schüchtern, die andere schien ihr dagegen sehr viel interessanter, aber eloquenter als sie selbst war sie auch nicht, fand Hannah. Der Junge im Anzug legte sich mit dem Chefredakteur an, als er sagte, er fände das Salär zu gering bemessen, es decke die Lebenshaltungskosten nicht, wer nicht über finanzielle Reserven verfügte, sei von vornherein ausgeschieden, das sei unsozial. Alle Achtung, dachte Hannah, ausgerechnet der Kerl im Anzug sagte das, das hatte sie nicht erwartet. Sie war sich sicher, dass alle vier das dachten, aber weder sie noch die zwei anderen Mädchen machten den Mund auf und halfen ihm. Alle schwiegen.

Dieses Schweigen schien den Redakteuren nicht zu passen, sie blickten auffordernd in die Runde. Hannah war versucht, den Jungen doch zu verteidigen, aber sie schwieg aus Berechnung, sie schwieg, obwohl sie als Journalistin dazu angehalten war, kritisch zu sein. Aber sich jetzt zu exponieren, schien ihr doch zu gefährlich. Tatsächlich begann der Ausbildner, immer noch schweigend, in dem Moment etwas auf einem Blatt zu notieren. Hannah erkannte nicht, was er schrieb, aber sie sah, dass es vier Spalten gab, für jeden der Bewerber eine, und

in eine schrieb er nun etwas. Sie deutete das als kein gutes Zeichen.
Der Chefredakteur brach die Stille und erklärte, dass es sich im Grunde ja um eine Ausbildung handle, sie sich also als Azubis betrachten müssten. Ein Lehrlingslohn sei im ersten Lehrjahr auch nicht höher. Wer nicht über die finanziellen Mittel verfüge, der könne um Stipendien ansuchen, um einen Bildungskredit, es fänden sich doch immer Mittel und Wege, wenn man nur richtig wolle. Ihnen gehe es darum, dass an dem Programm nur diejenigen teilnähmen, die das auch richtig wollten. »Bei der Fülle an Bewerbern muss man selektieren«, sagte er. Dass die Bezahlung kein Anreiz sei, sondern im Gegenteil abschrecke, sei eine Möglichkeit dazu. Viele würden sich dann gar nicht erst bewerben. Und dann wollte er wissen, ob ihnen noch andere Selektionskriterien einfielen, und Hannah glaubte zu erkennen, dass sich alle vier, sie selbst eingeschlossen, bei der Beantwortung der Frage besonders eifrig ins Zeug legten.
Wann immer Hannah in dem Gespräch etwas sagte, tat sie das mit einem mulmigen Gefühl. Sie wusste, dass jedes Wort, jede Antwort, die man gab, die Chance bot, sich zu profilieren, in jedem Wort, jeder Antwort gleichzeitig aber immer auch die Möglichkeit lag, sich selbst zu schaden. Es gab kein Richtig und kein Falsch in so einem Gespräch, man wusste nicht, was das Gegenüber hören wollte, man versuchte, es zu antizipieren, darin lag die Kunst, und gleichzeitig möglichst authentisch und natürlich zu wirken, als sage man immer bloß das, was man sich eben gerade dachte, als antworte man auf die Frage so, wie man darauf antworten würde, säße man mit Freunden an einem Tisch, in einem Pub oder einem Café.
Diesen Spagat zu schaffen zwischen exaktem Kalkül und lässiger Natürlichkeit war anstrengend, sehr anstrengend, es erforderte höchste Konzentration, keine Sekunde durfte man

innerlich abwesend sein, jedes Wort, das man sagte, zählte, konnte entscheidend sein, das wusste Hannah, sie hatte das oft genug durchgemacht. Und als sich irgendwann die Tür öffnete und der Chef vom Dienst auf seine Uhr zeigte, deutete, die nächste Gruppe stünde bereit, war sie froh, dass es überstanden war, dass sie gehen konnte, zurückeilen durfte zu dem Kommentar, für den sie gerade noch eine Stunde Zeit hatte, wie sie feststellte.

Sie gab als eine der Letzten ab, aber sie war zufrieden mit dem, was sie geschrieben hatte. Sie hatte keine Ahnung, ob es insgesamt reichen würde, ob das gut genug war, was sie geschrieben hatte, ob sie im Gespräch überzeugt hatte, aber das Gefühl, das sie hatte, war gut. Sie konnte sich keinen Vorwurf machen, sie hätte im Moment keinen offensichtlichen Fehler nennen können, der ihr passiert war im Gespräch, nie hatte der schweigende Ausbildner hektisch zu notieren begonnen, wenn sie gesprochen hatte. Aber zu sicher durfte sie sich trotzdem nicht sein, sicher durfte man sich nie sein.

Als sie nach draußen trat, war sie überrascht vom Lärm, der sie empfing, und der Wärme, von der sie in den klimatisierten Räumen drinnen nichts gespürt hatte. Hannah war erschöpft. Sie setzte sich auf den Rand eines Blumenkastens, der gegenüber dem Eingang stand, und öffnete ihre Mineralwasserflasche, seltsam stolz, dass sie erst jetzt, nach der Prüfung, trank, wo man ihr doch prophezeit hatte, sie würde währenddessen trinken müssen, so anstrengend würde es werden.

Ihr Blick fiel auf ein Plakat, das vor ihr an der Litfaßsäule klebte. Es bewarb die Fotoausstellung eines französischen Fotografen, die den Titel trug »La chute«. Darunter stand »Variation sur le thème du saut dans le vide«. Das Foto auf dem Plakat zeigte einen Mann, der fiel. Er fiel mit dem Gesicht nach unten zu Boden. Er trug Jeans, einen weißen Gürtel, ein dunkelblaues Sweatshirt und eine dunkelblaue Mütze. Unter dem Mann, der fiel, war alles grau. Im oberen Drittel des Bildes war der Asphalt, auf den der Mann zufiel, ganz dunkel, darunter heller, vereinzelt waren Reifenspuren zu erkennen. Ein schmales Stück Kopfsteinpflaster, vier Reihen breit, ragte vom rechten Rand ins Bild hinein, weiter unter war ein Kanaldeckel zu sehen, sonst nichts. Kein Baum, kein Auto, keine Häuser, keine Menschen. Das Bild zeigte den Mann noch in der Luft, von oben. Aber schon im nächsten Moment würde er wohl auf dem Boden aufprallen. Seine Beine waren nach hinten geknickt, sodass man die hellen Sohlen seiner Turnschuhe sehen konnte, den linken Arm sah man nur bis zum Ellenbogen, auch er war leicht abgewinkelt und verschwand vor dem Körper, den rechten versuchte er auszustrecken, vielleicht, um sich vor dem bevorstehenden Aufprall zu schützen.

Aber das war ja viel zu spät, dachte Hannah, als sie die Mineralwasserflasche zuschraubte, ohne den Blick vom Plakat zu nehmen. Es konnte dem Mann gar nicht mehr gelingen, sich zu schützen. Und selbst wenn, so würde ihm das nicht mehr helfen, dachte sie, es sah so aus, als fiele der Mann aus hoher Höhe. Die Geschwindigkeit, mit der er zu Boden fiel, musste enorm sein. Hannah dachte an die Basejumper, die sie so viele Male auf YouTube angesehen hatte.

Sie starrte lange auf das Plakat, das Bild verschwamm vor ihren Augen, während ihre Gedanken zurückkehrten zu dem Gespräch vorhin und sie versuchte, die Antworten, die sie gegeben hatte, im Kopf noch einmal durchzugehen. Dann sah sie, wie das Mädchen, das im Gespräch neben ihr gesessen hatte, aus dem Gebäude trat. Hannah richtete sich auf und ging zwei, drei Schritte auf sie zu. Sie hätte gern geredet mit ihr, hätte gern gefragt, wie sie den Vormittag empfunden hatte. Sie hatte sie sympathisch gefunden und im Gespräch hatte sie mit Abstand die interessantesten Antworten gegeben, Hannah hätte sie gern kennengelernt, es konnte nicht schaden, neue Kontakte zu knüpfen in Berlin, endlich. Von ihren ehemaligen Kollegen hatte sie kaum mehr etwas gehört, aber das war zu erwarten gewesen. Aber die andere zückte gerade das Telefon und sprach schon aufgeregt, als sich ihre Blicke für einen Moment kreuzten, ehe sie mit schnellem Schritt weiterging. Und im Grunde war das ja durchaus verständlich, dachte Hannah, schließlich waren sie Konkurrentinnen, es würden am Ende nur drei genommen werden, die Wahrscheinlichkeit, dass ausgerechnet sie beide zu den Glücklichen zählten, war gering, was sollten sie sich also befreunden, Rivalen befreunden sich nicht.

Hannahs Blick kehrte zurück zu dem Plakat vor ihr. »La chute«, das hieß auf Deutsch »Der Fall«. Es sah so bizarr aus und so erschreckend. Der Mann fiel einfach vom Himmel in das dunkle Asphaltgrau hinein. Es musste eine Bildmontage sein, dachte sie, ein digital bearbeitetes Foto, wie sollte das sonst möglich sein, diesen Moment vor dem Aufprall so einzufangen, den Fall aus dem Nichts in die Leere auf das Ende zu, und diese Ausgesetztheit und die Hoffnungslosigkeit, die darin lag. Es gab ja kein Entrinnen, nichts konnte den Mann retten. Und er war ganz allein, da war niemand sonst, niemand, der Notiz nahm von ihm. Er war ganz allein mit sich auf dem Foto. Er fiel und fiel und fiel, haltlos, verloren, allein. Es war bestürzend, das zu sehen, dachte Hannah, diese Zerbrechlichkeit und die Verlorenheit des Menschen, die so offen dalag in dem Foto.

Sie fotografierte das Plakat, um sich den Namen des Künstlers zu merken, sie wollte ihn zuhause googeln. Die Ausstellung, die es ankündigte, war schon vorbei.

Ein paar Tage später saß Hannah wie gewohnt an ihrem Platz in der Bibliothek, als sie die Nachricht erhielt. Im Betreff stand

»Ihre Bewerbung«. Sie öffnete die Mail und sah auf den ersten Blick, dass sie nicht genommen worden war. Man bedauere, keine besseren Nachrichten geben zu können, und wünsche alles Gute für die berufliche Zukunft. Es war der übliche Text. Es gab keine Begründung, nur einen recht allgemeinen Satz, dass sie nicht zu den dreien zähle, die nach Meinung der Jury am besten auf das Anforderungsprofil passten.
Hannah war enttäuscht. Sie war maßlos enttäuscht. Sie hatte sich gute Chancen ausgerechnet. Sie hatte alles mehrfach durchgedacht, sie war sich sicher, ihr Kommentar war gut gewesen, sie hatte alle Fragen aus dem Wissenstest, an die sie sich erinnerte, nachgeprüft, das Gespräch war sie mit Miriam durchgegangen, hatte ihr die zwei, drei Antworten, bei denen sie Bedenken gehabt hatte, geschildert, und Miriam hatte sie beruhigt. Aber natürlich hatte das nichts zu bedeuten, man konnte sich nie sicher sein, und vielleicht war gerade das der Fehler gewesen, dachte Hannah dann, vielleicht hatte sie zu selbstsicher gewirkt?
Was hatte sie falsch gemacht? Was war es, was die, die sie genommen hatten, besser gemacht hatten, ihr voraus hatten?
Hannah war wütend. Was machte sie hier überhaupt?
Sie starrte auf die E-Mail auf dem Bildschirm und war wütend. Sie hatte so gehofft, dass man sie nehmen würde, dass dieser Zustand endlich aufhörte – endlich. Sie hatte sich das so gewünscht.
Mit einer heftigen Bewegung klappte sie das Notebook zu. Sie hob den Blick, sah nach draußen. Es war ein wunderschöner Tag Anfang Mai. Hannah wollte an die frische Luft, sich den Zorn und die Enttäuschung von der Seele gehen, hinaus aus der Stadt, fort von den Menschen, keine Minute wollte sie mehr hier sitzen, es hatte ja doch alles keinen Sinn, es war hoffnungslos. Man wollte sie nicht. Sie war nicht unter den dreien, die am besten auf das Anforderungsprofil passten, was

hieß denn das? Hatte sie zu wenig gewusst oder war ihr Text zu schlecht geschrieben gewesen? Oder war sie einfach schon zu alt? Das konnte alles heißen. Wie viele Bewerbungen hatte sie schon geschrieben, seit sie in Berlin war? Und über die Jahre davor? Wie viele waren es gewesen insgesamt?
Aber Hannah hatte keine Lust mehr, das Notebook noch einmal aufzuklappen und nachzuzählen. Es waren zu viele, das wusste sie, viel zu viele, die erfolglos geblieben waren. Sie stand auf und ging.

In der S-Bahn begegnete ihr der *strassenfeger*-Verkäufer wieder, den sie schon einmal gesehen hatte. Sie war sich sicher, dass es *ihr* Verkäufer war, sie erkannte seine Stimme, und als sie ihn anblickte, erkannte sie auch seine blaue Kappe, die er, nachdem er geendet hatte, wie das erste Mal vom Kopf nahm und aufhielt, während er durch den Waggon ging und die Zeitung anbot.
Wieder dachte Hannah, sie müsse ihm jetzt die Zeitung abkaufen. Sie hatte sich das das letzte Mal vorgenommen. Sie hatte sich vorgenommen, ein Zwei-Euro-Stück in die Hosentasche zu stecken, um es griffbereit zu haben, wenn sie ihm wieder begegnen würde. Aber sie hatte es vergessen. Und außerdem hatte sie keine Lust, sich jetzt um ihn zu kümmern, um sie kümmerte sich auch niemand, dachte sie, und es war ja ohnehin sinnlos, alles war sinnlos, was machte ein Zwei-Euro-Stück für einen Unterschied. Und während Hannah noch nachdachte, verließ der Mann bei der nächsten Station den Waggon.

Am Eingang zum Grunewald hing eine große Karte, auf der die Namen der Wege verzeichnet waren. Sie wollte zum Teufelsberg, versuchte, sich den Weg dorthin einzuprägen, und ging dann bald los. Ein junger Mann, in etwa so alt wie Hannah selbst, der zusammen mit ihr aus der S-Bahn ausgestiegen war, ging ein paar Schritte entfernt vor Hannah. Als er sich ihr zuwandte und sie fragte, ob sie wisse, wie man zum Teufelssee käme, riss Hannah das jäh aus ihren Gedanken. Es war mehr ein Reflex, als sie schnell antwortete, das wisse sie leider nicht, und gleich darauf ihren Schritt verlangsamte, sodass sie hinter ihn zurückfiel. Sie war nicht in der Stimmung, mit jemandem zu sprechen.

An einem anderen Tag hätte sie anders geantwortet. Sie hätte gesagt, dass sie selber zum ersten Mal im Grunewald war, darauf hätte der andere etwas erwidern können, es hätte ein Gespräch entstehen können. Vielleicht wusste er den Weg ja genau und hatte sie nur ansprechen wollen. Auf den ersten Blick hatte er sympathisch gewirkt. Aber im Moment war sie verärgert, sie konnte daran nichts ändern. Sie nahm sich vor, ihn von sich aus nochmals anzusprechen, wenn sie ihm begegnete.

Hannah versuchte, die Wegenamen, die sie auf der Karte gelesen hatte, auf irgendwelchen Schildern oder Tafeln zu finden. Aber sie standen nirgends. Also nahm sie ihr Telefon und ließ ihre Position suchen. Aber der rote Punkt, der ihre Position auf dem Display zeigte, veränderte sich ständig, auch wenn sie stillstand, als flöge sie über den Wald anstatt auf der Erde einen Fuß vor den anderen zu setzen. Also folgte sie einfach dem breitesten Weg.

Es gab kein Hinweisschild, das sie zum Teufelsberg geführt hätte, sie kam an der riesigen Sandgrube im Jagen 86 vorbei, überlegte kurz, ob sie hinuntersteigen sollte, ging dann aber doch weiter, hörte Stimmen, die lauter wurden, und kam zum Teufelssee, an dem viele Menschen waren, Familien mit Kindern, Hunden, Fahrrädern. Sie hörte Gelächter, eine Frau sang, irgendwo lief ein Radio.

Als sie nach rechts abbog, weil sie glaubte, dass das richtig sein musste, zog sich gerade ein Mann auf der Liegewiese vor ihr aus. Er streifte seine Hose ab, dann seine Unterhose, sodass sie sein Glied sehen konnte. Er blickte in ihre Richtung, streckte sich ein wenig und griff dann erst nach seiner Badehose.

Unter anderen Umständen hätte Hannah darüber gelacht. Früher hätte sie so etwas Jakob erzählt, dachte sie. Wenn er nachfragte, würde sie ihm schreiben müssen, dass man sie nicht genommen hatte, genauso wie sie ihren Eltern die Niederlage verkünden musste, dachte Hannah, und ärgerte sich, ihnen davon erzählt zu haben. Miriam wusste es schon, ihr hatte sie gleich geschrieben. Und die Antwort kam postwendend, Miriam schrieb, was Hannah ihr umgekehrt auch geschrieben hätte, sie schrieb, was sie einander immer zu solchen Anlässen schrieben: »bloody idiots«. Den jungen Mann, der sie angesprochen hatte, fand sie nicht mehr.

Der Weg wurde schmäler, Hannah blieb stehen, sah noch einmal auf das Display ihres Telefons. Sie wartete ein paar Minuten, aber der rote Punkt, der sie sein sollte, wanderte weiter quer über die grüne Fläche, die der Grunewald war. Sie ging weiter.

Als Hannah jünger war, hatten alle Erwachsenen immer gesagt, sie sei glücklich, gehöre zu der Generation, der alle Wege offenstünden. Man könne alles werden, alles sein, hieß es, alles sei möglich, das sei die totale Freiheit.

Aber das stimmte nicht, dachte Hannah, das stimmte überhaupt nicht. Ihr standen keine Wege offen. Niemand brauchte sie. Niemand wollte sie. Sie war zu nichts nutze.

Oder stellte sie sich nur besonders dumm an? War es das? Hatte sie im Gegensatz zu allen anderen etwas falsch gemacht?

Es gab ja durchaus erfolgreiche Leute in ihrem Alter. Es fielen ihr einige Beispiele ein, die es geschafft hatten, oder wie man das nannte. Jakob etwa. Keinen Tag arbeitslos. Und eine Schulfreundin, Elisa, hatte ihr gerade kürzlich gemailt, dass

sie im Herbst ihren Freund, mit dem sie seit dem Studium zusammen war, heiraten würde und dass ihr die Arbeit bei EADS nach wie vor sehr gut gefiele. Nur das Stundenpensum, das sie beide absolvieren müssten, das belaste die Beziehung. Elisa war Elektrotechnikerin, ihr Freund Wirtschaftsinformatiker.
Es gab viele Menschen in ihrem Alter, die Karriere machten, das wusste sie. Warum gelang es ihr nicht? Lag es wirklich nur an der Branche, in der sie arbeitete oder arbeiten wollte, oder war sie einfach zu schlecht, in dem, was sie tat?
War es das? War sie nicht gut genug?
Aber warum hatte man ihr das dann nie gesagt, nicht während des Studiums und nicht bei den Zeitungen, für die sie bisher gearbeitet hatte?
Lag es an ihr? Oder hatte sie einfach nur Pech? Warum sollten denn auch alle Glück haben? Es musste auch die geben, die Pech hatten, dachte Hannah dann, damit sich die Glücklichen mit ihnen vergleichen konnten, um sich ihres Glückes erst bewusst zu werden. Das System basierte ja gerade auf dem Unterschied. Es musste also jemanden geben, der Pech hatte, jemanden, der verlor. Sie hatte nur nie gedacht, dass sie einmal zu den Verlierern zählen könnte.
Alles war möglich, immer wieder hatte sie das gehört. Aber nie hatte sie daran gedacht, dass das auch das Scheitern implizierte. Niemand dachte daran, dass auch das Scheitern eine Möglichkeit war.
Wie hatte sie nur nicht daran denken können? Wenn alles möglich war, war eben auch das Verlieren möglich. Wie konnten das alle nur vergessen? Wie konnte man denken, dass es immer nur die anderen treffen würde?
Es war nun ein richtiger Waldweg, auf dem Hannah ging, so wie sie ihn von zuhause kannte, weniger sandig als der breite, der zum Teufelssee führte. Irgendwann kam sie zu einer Lichtung. Sie sah einen Hügel. Aber ob das der Teufelsberg war?

Er sah so wenig imposant aus, dachte Hannah, er musste doch höher sein, es hatte doch so viel Trümmerschutt gegeben in Berlin, und die amerikanische Abhörstation müsste doch auch zu sehen sein, aus der Ferne.
Sie ging weiter, bis sich der Wald lichtete und sie vor einer Wiese stand. Einen Moment lang blieb sie stehen, versuchte noch einmal den Teufelsberg zu finden, hörte Vögel zwitschern und den Wind, der durch das hohe Gras der Wiese fuhr. Sie ging ein paar Schritte hinein, spürte die langen Grashalme, die gegen ihre Jeans strichen.
Die Wahrheit war, sie war ein Nichts. Sie hatte keine Arbeit, sie mietete keine Wohnung, sie zahlte keine Steuern. Sie trug nichts zum Bruttosozialprodukt bei, sie leistete keinen Beitrag für das Allgemeinwohl.
Wenigstens lag sie der Allgemeinheit aber auch nicht auf der Tasche, dachte Hannah. Sie gab der Gesellschaft nichts und sie bekam nichts von ihr. Sie war ein Nichts. Und bald würde sie dreißig werden. Aber daran dachte sie jetzt besser nicht.
Hannah legte den Kopf weit zurück in den Nacken und sah in den leeren Himmel über ihr. Sie breitete die Arme aus, wie ein Vogel, der seine Flügel spannt, bereit zu fliegen. Sie dachte, es wäre schön, sich hier ins Gras fallen zu lassen. Dann erinnerte sie sich an das Plakat, das sie vor ein paar Tagen gesehen hatte, an den Mann, der in die asphaltgraue Leere fiel. Wie sich das wohl anfühlen würde, der Aufprall?
Aber es würde ihr ja nicht gelingen, sich so wie dieser Mann fallenzulassen, kopfüber, ohne die Hände schützend vor sich auszustrecken. Ihr Gehirn würde sie übertölpeln, es würde ihre Arme vorschnellen lassen, den Aufprall abzufangen versuchen.
Sie legte sich flach in die Wiese, breitete die Arme aus und lag ruhig da. Sie spürte den Wind und blieb eine Weile so, dachte, dass sie so niemand sehen konnte inmitten der hohen Gräser,

und es fühlte sich beinah wieder so an wie als Kind, in dem Maisfeld am Ende des Weges. Wie sehr sie sich danach sehnte, nach diesem Gefühl der Leichtigkeit von damals, als es um nicht mehr ging, als der Letzte zu sein, der gefunden wurde beim Versteckspiel.

Irgendwann öffnete sie die Augen und sah in den hellen, blauen Himmel über ihr, als könne er ihr eine Antwort geben. Aber sie konnte nichts darin erkennen, der Himmel über ihr war leer, eine opake blaue Fläche, unendlich weit entfernt, fremd und leer.

Der rote Punkt auf ihrem Display wanderte immer noch rastlos hin und her und suchte etwas, was er nicht finden konnte, auf einer grünen Fläche, unendlich weit wie der Himmel über ihr, und sie irgendwo darin, ein winziger roter Punkt, der hin und her wanderte.

Als sie abends nach Hause kam, duschte sie heiß. Sie putzte sich die Zähne. Sie stand vor dem Badezimmerspiegel, löste den Handtuchturban und ihr langes, noch feuchtes Haar fiel auf ihre Schultern. Sie sah sich im Spiegel an. Dann nahm sie, einem plötzlichen Impuls folgend, die Haarschere aus Miriams Badezimmerschrank. Sie musste noch aus der Zeit stammen, als Miriam einen langen Pony getragen hatte. Hannah nahm ein Büschel Haare und schnitt es etwa in Kinnlänge ab.

Das tat gut. Aber es war viel zu wenig radikal, dachte Hannah. Es würde auch niemals exakt gerade werden in der Länge. Sie schnitt die Strähne nochmals ab. Jetzt gab es kein Zurück mehr.

Immer mehr Haar fiel auf Miriams Badezimmerboden. Es tat gut zu schneiden, das Gesicht frei zu schneiden, Überflüssiges abzuwerfen, dachte Hannah. Es war etwas, das sie schon lange hatte tun wollen, wozu ihr letztlich aber immer der Mut gefehlt hatte.

Als sie fertig war, waren ihre Haare kurz, sehr kurz. So kurz hatte sie sie noch nie getragen. Es war nicht professionell gemacht, aber Hannah war zufrieden. Fürs Erste reichte es.
Am Boden lag ein Berg von Haaren und aus dem Spiegel blickte ihr ein neues Gesicht entgegen. Sie fuhr sich mehrmals probeweise durch die Haare und war erstaunt, wie sich das anfühlte. Da war fast nichts zwischen ihren Fingern, und es dauerte nur einen Moment, ehe sie schon wieder ins Leere glitten, so kurz waren ihre Haare jetzt.
Sie schüttelte den Kopf und spürte zum ersten Mal kein Gewicht daran, das nach unten zog. Ihr Kopf fühlte sich leicht an, so erstaunlich leicht, und ihr Gesicht lag ganz frei da. Und einen Moment bereute sie schon wieder, was sie da getan hatte. Ihre langen, glatten, dunklen Haare waren doch schön gewesen. Es würde ewig dauern, bis sie wieder einen Zopf binden konnte oder einen Knoten machen im Nacken.
Aber je länger sie sich im Spiegel betrachtete, desto besser fühlte es sich an. Es war richtig so, dachte Hannah, sollte man ihr Gesicht ruhig sehen, sie wollte sich nicht mehr verstecken. Sollte man sie doch für einen Jungen halten, wenigstens von hinten, sie versuchte doch die ganze Zeit ihren Mann zu stehen, so sagte man doch, also konnte sie auch aussehen wie einer. Sie sah stärker aus so, stärker und ehrlicher.
Dann bückte sie sich, um die Haare am Boden zu einem Haufen zusammenzukehren, und sie war erstaunt über den kalten Luftzug, den sie im Nacken spürte, als sie anschließend mit Schwung die Badezimmertür aufstieß.

Am folgenden Morgen ging Hannah zu Rewe und kaufte ein. Sie ging die Kollwitzstraße zurück, bog dann aber nicht wie sonst immer in die Belforter Straße ein, sondern nahm gleich die Diedenhofer Straße. Als sie gestern zurückgekommen war, war ihr ein Zettel im Fenster eines Cafés aufgefallen. In dieses

Café ging sie jetzt, mit ihren kurzen Haaren und ihrer Büffelledertasche mit den Einkäufen von Rewe über der Schulter. Es hieß Café Florian. Sie öffnete die Tür und ging zur Bar. Dort stand ein Mann, Hannah schätzte ihn auf Ende dreißig. Sie fragte, ob immer noch eine Aushilfe gesucht würde, eine Kellnerin. Der Mann sagte ja, fragte, ob sie so etwas schon einmal gemacht habe. Hannah hatte das gemacht, das war ihr erster Studentenjob gewesen, und sie war in diesem Moment sehr froh, dass sie gleich im ersten Studienjahr damit begonnen hatte. Wenn schon ihr Studium zu nichts gut gewesen war, dann wenigstens ihr Studentenjob, dachte sie.

Sie könne hier anfangen, sagte der Mann. Er hieß Marius, ihm gehörte der Laden. Sie könne anfangen und zwar am besten sofort, wenn sie wolle.

Hannah lächelte und nickte erleichtert. Marius nahm ihre Tasche, stellte sie hinter den Tresen und reichte ihr dann eine schwarze Schürze. Und Hannah wurde Kellnerin.

5

Stein trat völlig unvermittelt in Hannahs Leben. Es war an einem Tag Ende Mai. Hannah lehnte im Türrahmen des Cafés. Sie hatte sich das bald zur Gewohnheit gemacht, wenn alle Gäste draußen saßen und Marius nicht da war. So konnte sie ein wenig die Sonne genießen und hatte trotzdem alles im Blick.

Seit Hannah als Kellnerin arbeitete, hatte sich so etwas wie ein neues labiles Gleichgewicht hergestellt in ihrem Leben, das erste Mal seit ihrer Trennung von Jakob. Hannah war nicht glücklich darüber, dass sie nun wieder das tat, was sie als Studentin getan hatte, und fünf Tage die Woche im Café Florian verbrachte, aber sie war froh, eine Arbeit gefunden zu haben. Sie wusste, sie würde weiterhin ihre Rechnungen bezahlen können, und das war das Einzige, was im Moment zählte oder zählen durfte. Ihre Tage waren gefüllt, abends war sie müde von der Arbeit, sie las ein paar Seiten im Bett und schlief dann ohne Tabletten ein.

Natürlich ahnte sie, dass sie nicht für immer hier als Kellnerin arbeiten wollen würde, dass auch dies nur vorübergehend sein würde, dass es transitorisch war, aber was war das nicht. Im Moment war Hannah erleichtert, hier gestrandet zu sein, auch wenn sie wusste, dass es genau das war, ein Gestrandetsein nach einem Schiffbruch, den sie erlitten hatte, und sie darauf keineswegs stolz sein konnte, und dass damit noch nichts gelöst war. Lediglich das Überleben, ihre provisorische Existenz in Miriams Wohnung war damit gesichert, aber für einen Schiffbrüchigen war das fürs Erste genug.

Als Stein vom gegenüberliegenden Gehsteig aus auf das Café zusteuerte, wandte sich Hannah um, ging zur Bar zurück und bereitete einen Cappuccino zu. In dem Moment, in dem Stein das Lokal betrat, stand sie hinter der Bar, mit dem Rücken zu ihm, und sah ihn nur aus den Augenwinkeln sich an seinen Stammplatz setzen, als sie mit dem Tablett in der Hand nach draußen ging.
Sie kannte Stein schon, bevor er sie ansprach, oder vielmehr wusste sie, wie er aussah. Sie wusste, dass er nie draußen saß, an welchen Tisch er sich immer setzte, wenn er kam, dass er Milchkaffee trank, er sagte das auch so, nicht Caffè latte oder Café au lait, sondern Milchkaffee, und dass er immer mit seinem MacBook kam, das er aufklappte, sobald er an seinem Platz saß.
Hannah kassierte an einem Tisch draußen und ging dann zu Stein. Sie fragte: »Milchkaffee?«, und er nickte.
Sie ging zur Bar, nahm eine große Tasse aus dem Regal, stellte sie unter die Kaffeemaschine. Sie füllte ein Wasserglas. Sie legte zwei Amaretti auf das Tablett. Es war erstaunlich, in welch kurzer Zeit ihr diese Handgriffe wieder selbstverständlich geworden waren. Als hätte sie nie etwas anderes getan, nie etwas anderes gewollt, dachte Hannah und wusste im selben Moment, dass das völliger Blödsinn war, was sie da dachte, dass sie nur sehr gern glauben wollte, es sei wahr, weil das ihr Leben so viel einfacher machen würde.
Sie ging zu seinem Tisch, stellte das Tablett vor ihn hin. Sie sagte: »Bitte schön«, und wollte sich gerade umdrehen, als sie ihn sagen hörte: »Wann waren Sie denn in Ypern?«
»Bitte?«, fragte Hannah. Es war mehr ein Reflex, sie war sich nicht sicher, ob sie ihn richtig verstanden hatte, ob er überhaupt mit ihr geredet oder nur laut gedacht hatte.
»Sie haben an Ihrer Tasche diesen Aufkleber, den man in Ypern im Museum bekommt. Den roten. ›In Flanders Fields‹ steht

darauf, nicht? Er ist mir aufgefallen. Gestern, als ich hier saß und Sie Ihren Kollegen abgelöst haben.«

Es stimmte. Sie war gestern zu früh hergekommen, war noch an der Bar gesessen und hatte mit Marius geplaudert, Zeitungen durchgeblättert, ehe er dann aufgebrochen war und sie sich die Schürze umgebunden hatte. Ihre Tasche hatte sie über den Barhocker gehängt. Der Aufkleber war klein und sehr rot, sodass er sich vom Leder der Tasche zwar deutlich abhob, aber er war wirklich klein. Er klebte dort an der Seite, seit sie mit Jakob in Ypern gewesen war. Sie hatte nicht versucht, ihn abzulösen. Zunächst hatte sie nicht darüber nachgedacht, später war er eine kostbare Erinnerung geworden. Sie hätte nie gedacht, dass er jemandem auffallen würde.

»Vor zwei Jahren. Im Sommer«, sagte Hannah dann. Es war ihr letzter gemeinsamer Urlaub mit Jakob gewesen, sie waren damals die ganze Kanalküste entlanggefahren, obwohl sie eigentlich in die Bretagne hatten fahren wollen, aber dann waren sie hängengeblieben bei den vielen Friedhöfen und Museen entlang der Küste, als Kriegstouristen.

»War es heiß? Ich war letzten Winter dort. Es war viel zu kalt, um draußen zu sein und alle Schauplätze rundherum abzufahren. Das war schade.«

Hannah stand noch immer an seinem Tisch. Während er sprach, blickte sie durch die großen Fensterscheiben nach draußen, um zu sehen, ob neue Gäste gekommen waren. Als sie sich wieder Stein zuwandte, streckte er ihr, anstatt noch auf eine Antwort zu warten, seine Hand entgegen.

»Martin Stein«, sagte er. Der Name kam ihr bekannt vor, sie musste ihn schon einmal irgendwo gehört haben.

»Hannah Weiss«, sagte sie und schüttelte ihm die Hand.

Sie deutete entschuldigend nach draußen und entfernte sich dann. Jemand wollte zwei Caffè latte bezahlen.

Als Hannah zurück ins Lokal kam, sprach Stein sie wieder an.

»Wie hat es Ihnen dort denn gefallen? Warum waren Sie da?«
»Ach, nur so, auf Urlaub. Ich habe Zeitgeschichte studiert«, sagte Hannah, während sie an der Bar hantierte, und wunderte sich über sich selbst, dass sie es nötig fand, dem Mann sofort klarzumachen, dass sie nicht nur Kellnerin war, sondern Akademikerin. Eigentlich hatte sie sich vorgenommen, möglichst wenig zu wollen, keinen Träumen mehr nachzujagen und alle hochfliegenden Pläne zu begraben. Offensichtlich aber gelang ihr das noch sehr viel schlechter, als sie angenommen oder für sich gehofft hatte.

Stein blieb bis zum Ende von Hannahs Schicht. Er fragte, ob er sich zu ihr an die Bar setzen dürfe, um nicht quer durchs Lokal schreien zu müssen, um mit ihr reden zu können, und begann, sie ein wenig auszufragen.
Sie hatte sich sehr lange keine Gedanken mehr gemacht darüber, was sie jemandem, den sie neu kennenlernte, über sich erzählen wollte, wie sie sich ihm zeigen sollte. Stein wusste nichts von ihr. Sie konnte ihm alles erzählen, was sie wollte, und das genoss sie. Nicht, dass Hannah hätte lügen wollen, aber dass Stein ihre Vorgeschichte nicht kannte, dass er nicht wusste, wie sie hierher, in Marius' Café am Wasserturm, gekommen war, das empfand Hannah an diesem Nachmittag als große Erleichterung.
Ein wenig erzählte Stein auch von sich. Er war Journalist, seit Jahren Redakteur bei einer großen Zeitung in Hamburg, unterrichtete aber in Berlin. Er hielt Kurse an der Universität, er hatte vor drei, vier Jahren damit begonnen. So erklärte sich, warum er immer zwei Tage hintereinander im Café auftauchte, dachte Hannah, er blockte seine Lehrveranstaltungen.
Jetzt wusste sie auch, warum ihr der Name so bekannt erschienen war. Sie kannte seine Artikel. Da saß einer von denen vor ihr, die sie bewunderte, jemand, von dem sie lernen konnte,

der das war, was sie sein wollte. Das Erste, was ihr durch den Kopf ging, als sie das dachte, war, dass er ihr helfen konnte, nein: musste, natürlich, was sonst – wenn sie das denn überhaupt noch wollte, wenn sie zurück wollte in diesen Kampf und sich dem Druck, der damit verbunden war, noch einmal stellen wollte, und der Angst, doch immer nur zu scheitern und daran irgendwann zu zerbrechen. Wenn sie es wollte, so gab es dafür nichts Wertvolleres als Beziehungen, das wusste Hannah. Was war das also für ein unglaublicher, wunderbarer Zufall.

Stein erzählte ihr davon, wie er begonnen hatte als Journalist, wie damals noch alles anders gelaufen war, leichter war, dass er gedacht hatte, er könne sich mit fünfzig zur Ruhe setzen, so gut konnte man verdienen früher. Über Privates sprachen sie nicht. Stein erwähnte nur, dass er, wenn er in Berlin war, in der Prenzlauer Allee wohnte, hier gleich ums Eck, sagte er. Sie waren fast Nachbarn.

Das zu wissen, löste eine seltsame Empfindung aus in Hannah. Sie fühlte sich völlig ungehörig behandelt, als habe man ihr diese wichtige Information absichtlich zu lange vorenthalten, um sie zu quälen. Es ärgerte sie maßlos, das erst jetzt zu wissen, dass es in ihrer unmittelbaren Nachbarschaft, nur eine Straße weiter, seit Monaten jemanden gegeben hatte, mit dem sie sich so gut unterhalten konnte und der ihr zudem auch noch beruflich eine große Hilfe sein konnte.

Hätte sie Stein nur früher kennengelernt. Vielleicht wäre dann alles ganz anders verlaufen, und anstatt wochen- und monatelang sinnlos in die Bibliothek zu laufen, hätte sie ihre ersten Artikel schreiben können für das Blatt, für das Stein arbeitete. Das war durchaus kein abwegiger Gedanke, fand Hannah. Wenn er sie für begabt gehalten hätte, war davon auszugehen, dass er etwas getan hätte für sie. So war es doch, man half einander, half dem Jüngeren, dem, der noch nicht so weit war, wenn man in der Position dazu war, man gab ihm eine Chance, so wie man am Beginn der eigenen Laufbahn auch eine Chance erhalten hatte.

Als sonst kein Gast mehr da war, fragte Stein, wann das Lokal für gewöhnlich zusperrte. Sie hatten noch eine dreiviertel Stunde. Stein wollte sie einladen auf ein Glas Wein. Er selbst nahm ein Bier. Sie stießen an. Er sagte: »Auf Ihren Feierabend.«
Ein wenig wunderte es Hannah, dass Stein dabei blieb, sie zu siezen. Aber es passte ihr ganz gut. Es hieß, dass er sie ernst nahm, dachte Hannah.
Er siezte sie auch, als er, fünf Minuten vor der Sperrstunde aufstand, alles bei ihr bezahlte, was ihr peinlich war, weil er ja wohl nur ihretwegen so lange hiergeblieben war, und sich verabschiedete.
Er gab ihr wieder recht förmlich die Hand. Andere hätten sie vielleicht bereits nach diesem Nachmittag auf die Wange geküsst, dachte Hannah. Stein hatte ihr nur die Hand entgegengestreckt und gesagt: »Ich fahre morgen nach Hamburg. Nächsten Mittwoch komme ich wieder. Ich werde natürlich vorbeikommen hier im Café. Sie werden vermutlich auch wieder hier sein. Aber falls aus irgendeinem Grund nicht, darf ich Sie dann anrufen? Geben Sie mir Ihre Nummer?«
Sie schrieb sie ihm auf seine Rechnung, und während sie das tat, fühlte sie sich wie in einem Hollywoodfilm – eine Kellnerin, die ihre Nummer einem fast fremden, aber möglicherweise wichtigen, dazu noch sehr attraktiven Mann auf einen Zettel notierte. Sie glaubte, seinen Blick auf sich zu spüren, und das erste Mal an diesem Nachmittag war sie verunsichert. Wie lange mochte das her sein, dass sie wegen eines Mannes verunsichert war? Ein leichter Schauer lief ihr über den Rücken. Vielleicht hatte sie es sich aber auch nur eingebildet.
Als sie ihm den Zettel gab und ihn ansah, sah er ihr direkt

und lange in die Augen. Das überraschte sie, es schien nicht zu diesem Nachmittag zu passen, es war vertraulicher als alles, was sie sonst gesprochen hatten. Aber sie hielt seinem Blick stand, sah unverwandt in seine Augen, als sie ihm den Zettel hinstreckte, und war selbst überrascht davon, dass sie das tat.
»Dann bis nächste Woche«, sagte sie, stolz auf den souveränen Klang ihrer Stimme.
»Das hoffe ich«, sagte Stein. Und es war er, der zuerst wegblickte, als er sich umdrehte und ging.

An diesem Abend verließ Hannah, nur wenige Minuten später, das Café geradezu euphorisch. Fast wäre sie die paar Schritte in die Kolmarerstraße gelaufen, um so schnell wie möglich bei ihrem Computer zu sein und Miriam anskypen zu können. Sie konnte es kaum erwarten, ihr von Stein zu erzählen, sie war sich sicher, dass Miriam den Namen kannte.
Miriams Antwort kam dann auch prompt, sie gratulierte ihr, das sei wie ein Joker beim Kartenspielen, aber Zeit zu skypen hatte sie nicht, sie war mit ihrem Diplomaten verabredet, von dem sie sich letzte Woche zum zweiten Mal zu trennen versucht hatte, weil sie doch eigentlich eine Beziehung hatte haben wollen und keine Daueraffäre, aber genau das habe sie jetzt, schrieb sie, eine Affäre, deren Bedingungen er diktiere, und sie spränge wie ein Pawlow'scher Hund, immer wieder, es sei nicht auszuhalten. »Ich traue mich das niemandem zu erzählen, so peinlich ist mir das, aber du verstehst mich, oder? Du weißt, wie das ist – wie kann man nur so blöd sein, wenn man verliebt ist???«, schrieb sie, und dass sie überhaupt nicht wisse, warum sie sich das antue, und vor allem nicht, wohin das führen solle, sie bräuchte ihren Kopf doch eigentlich für ihre Arbeit, ständig sei sie abgelenkt und schaffe nur das Nötigste, Dauerzustand sei das keiner.
Dann musste sie los, und Hannah begann, eine Mail an sie zu

tippen. Sie wollte Miriam trösten und ihr ihre Begegnung mit Stein schildern. Aber sie kam nicht weit. Schon beim zweiten Satz zögerte sie. Was sollte sie ihr denn erzählen?
Als sie vor ihrem Computer saß und der Cursor auf dem weißen Hintergrund blinkte, wusste sie es plötzlich nicht mehr. Schon erschien ihr alles wieder unwirklich. Außerdem würde es gänzlich unglaublich klingen, wenn Hannah Miriam schriebe, wie Stein sie angesprochen hatte. Es war ein denkbar ungewöhnlicher Versuch gewesen, mit jemandem ins Gespräch zu kommen, den man sehr leicht hätte abwehren können. Sie hätte das Gespräch auch sofort beenden können, wie sie das getan hatte, als sie der junge Mann im Grunewald angesprochen hatte.
Natürlich war sie einfach überrumpelt worden von dieser seltsamen Frage und hatte darauf ganz automatisch geantwortet, ohne groß nachzudenken. Womöglich hatte es ihr auch geschmeichelt, dass ihm dieses winzige Detail aufgefallen war. Es hieß, er hatte von ihr Notiz genommen, sie schien ihn zu interessieren. Vielleicht hatte es aber auch etwas damit zu tun, dass Stein sie an Jakob erinnerte. Er sah aus wie er, nur älter, das hatte sie schon gedacht, als sie ihn zum ersten Mal im Café gesehen hatte, deshalb hatte sie sich ihn auch sofort gemerkt. Seine Statur, die Tasche, die er bei sich trug, die Entspanntheit, die in seinen Bewegungen lag, wie er seine Jacke auszog, die Tasche abstellte, Zeitung las – das hätte Jakob sein können, in zehn, fünfzehn Jahren. Er hatte dunkle Haare wie Jakob, nur waren seine ganz kurz geschnitten, wodurch sein Gesicht noch offener wirkte, und seine grüngrauen Augen waren ebenso klar und hell wie Jakobs und es lag der gleiche, neugierig-wache Blick darin. Nein, womöglich glaubte Miriam am Ende wirklich noch, jetzt drehe sie endgültig durch und erfinde das alles, weil ihr als Kellnerin langweilig war.
Miriam war nicht sehr begeistert gewesen darüber, dass Han-

nah jetzt ausschließlich als Kellnerin arbeitete, sie solle sich weiter bewerben, sagte sie ihr immer wieder, bei ihr habe es auch gedauert, sie müsse nur dranbleiben, irgendwann würde es klappen, und sie würde nochmals zwei Kolleginnen fragen, die im Printbereich Kontakte hatten, sich umhören, vielleicht ergäbe sich etwas. Aber dass Hannah Geld verdienen musste, sah Miriam natürlich ein.
Die Wahrheit war, Stein war Hannah auf Anhieb sympathisch gewesen, im Grunde war er der erste Mann, von dem sie überhaupt Notiz nahm seit ihrer Trennung von Jakob, fiel ihr auf. Sie fand ihn attraktiv, er sah gut aus, aber er war eigentlich etwas zu alt für sie, sie schätzte ihn auf Mitte vierzig. Er kam also nicht infrage und darüber war Hannah auf eine Weise froh. An der Seite eines neuen Mannes konnte sie sich im Moment tatsächlich nicht vorstellen. Sie hatte anderes im Kopf als Männer, und als sie das dachte, fragte sie sich, ob sie das jemals zuvor schon einmal gedacht hatte, ob dieser Satz jemals zuvor einmal wahr gewesen war. Sie hätte nicht sagen können wann, und es erfüllte sie mit einem seltsamen Stolz, es jetzt, und wie sie glaubte, auch wahrhaftig denken zu können. Und genau das schrieb Hannah schließlich auch an Miriam. Über Stein schrieb sie nichts, sondern begann stattdessen, im Internet über ihn zu recherchieren. Wikipedia-Eintrag gab es keinen, auf Facebook fand sie ihn auch nicht, aber Google listete jede Menge Treffer auf zu Artikeln, die er geschrieben hatte, zu seinen Lehrveranstaltungen, es gab einige Fotos von ihm und bei einer der Storys, die sie las, fand sie auch eine kurze Biografie über ihn. Er war 48.
Wenig später ging sie zu Bett. Es war ein seltsames Gefühl, das sie empfand, während sie entspannt und glücklich darauf wartete, einzuschlafen. Zum ersten Mal seit sehr langer Zeit war ihr, als habe sich etwas Wichtiges ereignet, etwas, das diesen Tag signifikant von den vielen anderen unterschied, die sie in

Berlin erlebt hatte, das ihn heller und froher und leuchtender erscheinen ließ als all die anderen, durch die sie sich seit Monaten durchgekämpft hatte. Sie wusste, sie würde sich an diesen Tag erinnern, würde sich gerne erinnern, würde nichts vergessen, gleichgültig, ob sie Stein jemals wiedersehen sollte oder nicht. Vielleicht taugte sie ja doch zu etwas. Wenn jemand wie Stein freiwillig über Stunden mit ihr, einer jungen Kollegin, sprechen wollte, dann musste das doch etwas bedeuten. Und es war so schön gewesen, mit ihm zu reden. Das Gespräch hatte etwas befriedigt, nach dem sie sich offenbar sehr lange gesehnt hatte, ohne zu wissen, was es war, und gleichzeitig hatte es ihren Ehrgeiz von Neuem entfacht.

Als sie das nächste Mal skypten, sagte Miriam, Hannah solle sich Stein unbedingt schnappen, wenn sie ihn denn attraktiv fand, etwas Besseres könne ihr karrieretechnisch nicht passieren. Hannah hatte ihr ihre Begegnung mit Stein letztlich doch in aller Ausführlichkeit geschildert und Miriam war sofort zum Schluss gekommen, dass Stein sich für sie interessierte, als Frau, nicht oder zumindest nicht nur als Kollegin. »So ist es doch immer«, hatte sie gesagt und Hannahs Widerspruch, dass Stein beim Sie geblieben war, abgetan als »part of the game«. Hannahs Einwand wegen des Altersunterschieds und den Hinweis, dass Stein sicher verheiratet sei und Familie hätte, ließ Miriam auch nicht gelten. »Markus ist auch 51. Was soll's. Natürlich ist er zu alt für mich, aber es spielt doch keine Rolle. Und verheiratet sind sie alle. Oder waren es, gut möglich, dass er sich kürzlich hat scheiden lassen. Trug er einen Ring?« Hannah hatte verneint, und es hatte sie selbst gewundert, dass sie das tatsächlich sagen konnte, dass sie das registriert hatte.

Natürlich achtete Hannah am kommenden Mittwoch mehr als sonst darauf, was sie anzog und wie ihr Haar wirkte, wobei ihr auffiel, dass sich kaum mehr etwas an ihr verändern ließ. Sie hatte lange schon kein neues Kleidungsstück gekauft, mit welchem Geld hätte sie das auch tun sollen, und ihre Haare trug sie, seit sie sie selber abgeschnitten hatte, kurz. Variieren ließ sich da nichts mehr. Sie wechselte die drei Paar Jeans, die sie noch besaß, regelmäßig, aber sie sahen eigentlich alle gleich aus. Dasselbe galt für ihre T-Shirts. Ihre Kleidung war zu einer Art Uniform geworden, die sie sich täglich überstreifte. Sie beschäftigte sie nicht mehr. Und warum sollte sie es jetzt tun, wenn die lange schwarze Schürze ohnehin die Hälfte ihres Körpers verdecken würde? Dennoch trug sie Mascara auf, das erste Mal seit dem Bewerbungsgespräch.
Es regnete an diesem Tag. Das Café war voll, Hannah war beschäftigt. Stein kam nicht.
Es war zu erwarten gewesen, dachte Hannah. Sie sollte endlich lernen, nichts mehr zu hoffen, nichts zu erwarten. Je geringer die Erwartung, desto geringer die Chance enttäuscht zu werden.
Am späten Abend jedoch vibrierte ihr Telefon und zeigte eine neue Kurzmitteilung an. Sie kam von einer unbekannten Nummer: »Liebe Hannah Weiss. Nun habe ich leider auch morgen während des Tages kaum Zeit, um in Ihr Café zu kommen und unser Gespräch fortzusetzen. Aber was hielten Sie denn davon, wenn wir uns für morgen Abend verabredeten, im Gugelhof, zu einem Abendessen? Um acht? Ich hätte dann alles für diesen Tag erledigt und Sie hätten doch hoffentlich Feierabend. Es würde mich freuen. Herzlich, Ihr Martin Stein.«
Wieder war Hannah ein wenig überrascht. Es war zwar plausibel begründet, warum sie sich abends treffen sollten, aber dennoch war ein Abendessen zusammen doch ein bisschen viel, fand Hannah. Aber ihr sollte es recht sein und außerdem

schmeichelte es ihr auch. Sie hatte sich geirrt, Stein wollte sie wiedersehen, ihm lag etwas daran, sie wiederzusehen, mit ihr zu reden, und sie genoss dieses Gefühl, als sie darauf wartete, einzuschlafen.

Womit sie nicht gerechnet hatte, war, wie nervös sie am nächsten Tag sein würde. Als ihre Schicht zu Ende war, stieg sie eilig in die U-Bahn und versuchte, in der einen Stunde, die ihr blieb, etwas Adäquates zum Anziehen zu finden. Während des Tages hatte sie das ständig beschäftigt. Sie besaß nichts Passendes für ein solches Abendessen. Miriams Sachen waren ihr zu groß, ihre eigenen empfand sie als zu schäbig. Diesmal würde keine schwarze Schürze ihren halben Körper verdecken, und sie wollte doch einen guten Eindruck machen, sie musste einen guten Eindruck machen. Sie hatte Angst, dass man ihrer Kleidung ansehen würde, wie es, vor allem finanziell, um sie bestellt war, was sie selbst in den letzten Monaten durchgemacht hatte. Gleichzeitig wusste sie, dass Journalisten im Allgemeinen nicht allzu korrekt gekleidet waren. Aber sie wollte Stein in Erinnerung bleiben, sie wollte ihm gut in Erinnerung bleiben. Sie musste einen möglichst gewinnenden Eindruck hinterlassen, sagte sie sich, musste souverän wirken, und dazu gehörte auch adäquate Kleidung. Sie wusste nur nicht, was adäquate Kleidung sein könnte für so ein Treffen.
Und so ging sie hastig von einem Laden zum nächsten und suchte nach etwas, das sie besser aussehen ließ, als sie sich fühlte. Weil die Zeit knapp wurde, entschied sie sich schließlich für ein schwarzes, enges, weit ausgeschnittenes Top, das sie unter ihrem schwarzen Jackett tragen konnte, das sie seit diesem Test-Vormittag bei der Zeitung nicht mehr angehabt hatte. Es betonte ihre weiblichen Formen wesentlich mehr als die simplen Rundhals-Shirts, die sie sonst immer trug. Sie bezahlte 25,95 Euro dafür, und es war das erste Mal seit lan-

ger Zeit, dass sie der Betrag, als er im Display der Kasse angezeigt wurde, nicht innerlich zusammenzucken ließ und sie sich nicht sofort Vorwürfe zu machen begann, dass sie Geld ausgab, dass sie leichtsinnig war, dass sie noch sparsamer sein müsse als bisher.
Seit Tagen war das morgens das Erste gewesen, was sie gemacht hatte: im Internet zu überprüfen, ob auf ihrem Konto ein Geldeingang registriert worden sei, und als heute Morgen tatsächlich ihr erster Lohn überwiesen worden war, war die Erleichterung groß. Und als sie vorhin am Automaten Geld abgehoben hatte, war es das erste Mal seit sehr langer Zeit, dass sie keine Angst hatte, der Automat würde ihre Karte einziehen oder zumindest keine Geldscheine mehr ausspucken für sie.

Als sie quer über den Platz ging, zurück Richtung U-Bahn-Abgang, glaubte sie jenen *strassenfeger*-Verkäufer zu sehen, den sie schon einmal in der U-Bahn getroffen hatte, früher, als sie regelmäßig mit der U2 gefahren und am Potsdamer Platz ausgestiegen war. Damals hatte sie kein Zwei-Euro-Stück bei sich gehabt, aber heute hatte sie es in der Tasche, sie trug es jetzt immer in ihrer Hosentasche bei sich, für ihn. Jetzt verdiente sie ja, jetzt konnte sie zwei Euro leicht entbehren.
Der *strassenfeger*-Verkäufer musste schon Feierabend gemacht haben, eine Kuriertasche hing über seiner rechten Schulter. Sie steuerten direkt aufeinander zu und trafen sich in der Mitte des Platzes. Hannah verlangsamte ihren Schritt und suchte seinen Blick, als sie auf ihn zuging, blieb beinah stehen, sah zu ihm hinüber, als er sie passierte, die Hand in der Hosentasche, bereit, das Geldstück hervorzuziehen. Aber er sah sie nicht an, ging mit gesenktem Kopf an ihr vorüber. Und schon war der Moment vorbei.
Sie hatte nicht den Mut gehabt, ihn anzusprechen. Sie war sich nicht sicher gewesen, ob er es tatsächlich war. Vielleicht

täuschte sie sich auch. Sie konnte ja niemandem unterstellen, er habe zwei Euro nötig, der nicht offensichtlich darum bat. Vielleicht war er nur absichtlich nachlässig gekleidet, und so nachlässig wirkte er auch gar nicht, erschien Hannah, je länger sie ihn betrachtete. Und sie ging weiter, stieg zur U-Bahn hinab und drehte das Zwei-Euro-Stück in ihrer linken Hosentasche zwischen ihren Fingern hin und her.

Als sie sich um viertel vor acht zuhause fertigmachte und das neue Top vor Miriams Spiegel anzog, fand sie sich vollkommen lächerlich. Sie fühlte sich, als trüge sie ein Kostüm. Sie sah aus wie ein Mädchen, das sich bewusst in Szene setzte, um etwas zu erreichen bei einem Mann. Fehlte nur noch Lippenstift und Rouge und ein Push-up-BH, dann würde das auch der Dümmste sofort sehen, dachte Hannah. Es sah billig aus. Vorne glitzerten in einem Querstreifen Pailletten. Es gab eine kleine Raffung unter der rechten Brust, die das Dekolleté zusätzlich betonte. Warum hatte sie dieses Polyesterteil nur gekauft?
Sie hatte es gekauft, weil sie Stein gefallen wollte. So war das, dachte Hannah. Schließlich sollte er doch etwas für sie tun. Wäre sie mit einer Frau verabredet, hätte sie sich gar nicht erst Gedanken darüber gemacht, was sie anziehen sollte.
Lächerlich sah sie aus, vollkommen lächerlich, dachte Hannah. Es passte nicht zu ihr, nicht mehr. Früher hätte sie so etwas getragen. Früher hatte sie solche engen Sachen gern getragen. Aber früher wollte sie Männern ja auch unbedingt gefallen.
Nein, sie würde das heute nicht anziehen. Sie würde ihre gewöhnliche Alltagsuniform anziehen, aber statt des Baumwollparkas den schwarzen Blazer nehmen. Dazu ihre schwarzen Ballerinas. Das war völlig ausreichend. Sie würde sich auch nicht schminken. Das Top würde sie zurückgeben, das Etikett war noch dran.

Am Ende stand sie nochmals vor Miriams großem Spiegel. Das war sie, sie in ihrer Ausgehuniform. Sie ging zu keinem Bewerbungsgespräch, zu keiner Prüfung, aber trotzdem war Hannah so nervös wie seit langem nicht mehr.

Als Hannah in den Gugelhof kam, war Stein schon da. Er saß an einem Tisch am Fenster und deutete ihr. Wieder schüttelten sie sich nur die Hand. Als ihre Flammkuchen serviert wurden, hatte Hannah ihre Aufregung schon fast wieder vergessen. Sie hatte kaum Gelegenheit, überhaupt etwas zu sagen. Stein schien in Erzähllaune und bestritt das Gespräch fast zur Gänze allein. Hannah fragte nur gelegentlich nach, versuchte seine Erzählung in eine bestimmte Richtung zu lenken, aber mehr als ein, zwei Sätze konnte sie kaum einwerfen, bevor Stein wieder das Ruder übernahm und weiter erzählte, von seiner Zeit in Afrika und den Jahren als Korrespondent in London. Er hatte eben auch viel erlebt, er war ja wesentlich älter als sie. Und natürlich beeindruckte das Hannah. Es interessierte sie auch, was er erzählte, sie hörte ihm gern zu. Und abgesehen davon fühlte sie sich wiederum geschmeichelt, dass er ausgerechnet ihr davon erzählen wollte, ihr und keiner anderen. Wie viele seiner Studentinnen beneideten sie wohl darum, dass sie jetzt hier saß mit ihm und nicht sie?
Weil Stein so viel sprach, hatte er wenig Zeit zu essen. Also bemühte sich auch Hannah, möglichst langsam zu essen, obwohl sie großen Hunger hatte und den Flammkuchen am liebsten rasch und mit den bloßen Händen gegessen hätte. Aber sie wollte nicht aufgegessen haben, bevor auch Stein fertig war. Sie wollte überhaupt nicht aufessen, falls Stein nicht aufaß. Er sollte nicht glauben, sie sei verfressen.
Das langsame Essen führte dazu, dass Hannah umso mehr Wein trank. Und als ihre Teller schließlich leer waren, war Hannah leicht betrunken. Stein war inzwischen dazu übergegangen,

über das Ende der Gutenberg-Ära zu sprechen und über die Lage der Journalisten heute. Er sagte, dass er durchaus wisse, dass er großes Glück gehabt hatte. Dass es heute wesentlich schwieriger sei, sich einen Platz zu erkämpfen, dass man da eben nebenbei noch einen Brotjob brauche, zumindest anfangs, zu kellnern sei da gar nicht schlecht, es gebe Trinkgeld, da könne sich unter Umständen schon etwas zusammenläppern.
Wo hatte sie so einen Satz schon einmal gehört, fragte sich Hannah, während Stein weitersprach. Wer hatte das noch gesagt, dass es darum ging, sich einen Platz zu erkämpfen? War das in der Serie gewesen über den Zweiten Weltkrieg, die sie letzte Woche abends im Bett liegend angesehen hatte?
Eigentlich hatte sie die Serie über die Landung der Alliierten in der Normandie, die an den Orten spielte, an denen sie zusammen mit Jakob gewesen war, mit ihm ansehen wollen. Hannah hatte Jakob gesimst, dass sie jetzt *ihre* Serie ansehe, endlich. Es war das einzige Mal in letzter Zeit, dass sie von sich aus Jakob anschrieb, ansonsten war es immer noch er, der sich mehr oder weniger regelmäßig meldete. Wenn er eine Nachricht schickte, dann schickte er sein Fragezeichen, erzählte ihr irgendwelche Neuigkeiten von gemeinsamen Freunden oder erinnerte sie an etwas, das nur für sie beide von Bedeutung war. Auf das meiste antwortete Hannah, wie sie einem guten Bekannten geantwortet hätte oder wie sie jenen einstigen, alten Freunden antwortete, die sie inzwischen gar nicht mehr sah, weil sie in einem anderen Land wohnten oder die Wege zu weit auseinandergegangen waren, denen sie aber nach wie vor per SMS zum Geburtstag gratulierte und gelegentlich eine E-Mail schrieb. Jedenfalls blieb jetzt alles sehr an der Oberfläche zwischen ihnen, aber abgerissen war der Kontakt immer noch nicht.
Hannah überlegte noch, woher sie den Satz kannte, als sie Stein sagen hörte: »Aber mit dem nötigen Einsatz schafft man es auch heute.«

Er sah sie an.
»Ein wenig Glück gehört natürlich auch immer dazu«, ergänzte er.
Ja, Glück, dachte Hannah. Glück.
Und dann sagte er: »Aber so war es ja immer. Am wichtigsten ist es, präsent zu sein in der Szene, sich selbst im Spiel zu halten. Man muss viel machen, Quantität zählt. Es geht nicht nur um Qualität, die ist oft gar nicht so wichtig. Das Gesamtpaket muss stimmen. Wenn ich mir überlege, wer es ganz nach oben schafft in vielen Redaktionen, und natürlich nicht nur da – das sind meistens gar nicht unbedingt die Allerbesten oder zumindest nicht nur. Es sind die, die am besten angepasst sind an die Gegebenheiten. Wusste schon Darwin. Survival of the fittest.«
Dann schwieg Stein. Er sah sie an.
Sollte das ihr Stichwort sein? War sie jetzt an der Reihe? Erwartete er, dass sie ihn jetzt direkt darum bat, ihr zu helfen? Oder sollte, musste sie ihm jetzt beipflichten? Konnte sie das überhaupt? Stimmte das, was er da sagte? Hatte Darwin das nicht auf die Natur bezogen, auf die Pflanzen und Tiere?
Und während Hannah nachdachte, war der Moment schon wieder vorüber, und Stein fragte, ob sie noch einen Nachtisch wolle oder einen Kaffee. Sie verzichtete auf ein Dessert und begnügte sich mit einem Espresso, das erschien ihr passender. Und einen Moment später schon wollte sie auch das zurücknehmen, weil ihr plötzlich einfiel, dass sie womöglich nicht genügend Geld bei sich hatte, um das alles bezahlen zu können.
Warum hatte sie daran nicht früher gedacht? Sie war zwar am Geldautomaten gewesen heute, aber sie hatte danach Geld ausgegeben für dieses unnötige Stück Stoff, das sie jetzt nicht einmal trug. Sie hatte angenommen, dass Stein zahlen würde. Aus irgendeinem Grund hatte sie angenommen, Stein würde

bezahlen, alles, auch was sie aß und trank. Aber warum sollte er? Wie peinlich wäre das, wenn sie nicht bezahlen könnte. Sie besaß keine Kreditkarte und sie wusste nicht, ob EC-Karten hier genommen wurden.
Nachdem sie zügig ihren Kaffee getrunken hatten, fragte Stein nach der Rechnung, es sei doch schon sehr spät geworden. Der Kellner kam und fragte: »Alles zusammen?« Und Stein verneinte. Er verneinte tatsächlich.
Hoffentlich reicht das Geld, dachte Hannah. Sie holte ihr Portemonnaie hervor und versuchte zu überschlagen, wie viel Geld sie hatte.
Es reichte fast auf den Cent genau. Nur für ein Trinkgeld fehlte ihr etwas. Da fiel ihr das Zwei-Euro-Stück ein, das sie in der Hosentasche bei sich trug, und sie gab es dem Kellner. Das schmerzte sie. Sie fühlte sich, als begehe sie einen Verrat, als sie dem Mann das Geldstück in die Hand gab. Er war der falsche. Und plötzlich war ihre Laune dahin.
Sie verließen das Lokal schweigend und gingen die paar Meter die Knaackstraße entlang bis dorthin, wo die Kolmarerstraße abzweigte. Dort blieb Hannah stehen und sagte, sie wohne in Nummer 6, in dem grauen Haus, im dritten Stock. Stein gab ihr die Hand. Er gab ihr wieder nur die Hand, bedankte sich für den schönen Abend und ging dann rasch. Er sagte nicht, dass er nächste Woche wiederkommen würde, fragte nicht, ob oder wann sie sich wiedersehen wollten, er sagte nur noch: »Gute Nacht«, und berührte, als er das tat, mit seiner Rechten ihren Arm, und Hannah glaubte nicht, dass das ein Zufall war, auch wenn die Geste beiläufig wirkte. Dann ging er weiter und Hannah stand einen Moment noch wie angewurzelt da und sah ihm nach, bevor sie sich umwandte und in der rechten Jackentasche nach ihrem Schlüssel kramte.
Sie wusste nicht, was sie von dem Abend halten sollte, wusste nicht, was sie von Stein halten sollte. Immerhin hatte sie seine

Telefonnummer. Notfalls würde das reichen, dachte Hannah, als sie die Treppe hinauf zu Miriams Wohnung stieg, in Gedanken bei dem Satz, den Stein gesagt hatte über Darwin, und darüber, dass jeder sich seinen Platz erkämpfen müsse. »Ohne Rücksicht auf die anderen«, hatte Stein gesagt, »je härter die Zeiten, desto brutaler der Kampf.«

6

Dann wurde Hannah dreißig. Sie saß im Café de Paris, draußen, an einem der kleinen Bistrotische, und blickte auf den Kollwitzplatz. Sie hatte den ganzen Tag frei, es war ein sonniger, warmer Frühsommertag.

Niemand hatte bisher gratuliert, niemand außer Miriam. Vermutlich würden sich auch nicht viele melden, sie war nicht sonderlich kommunikativ gewesen in den letzten Monaten, hatte keine neuen Kontakte geknüpft und ihre alten nicht gepflegt, sie hatte keinen Freund und keine Kollegen außer Marius, und der wusste nicht, wann ihr Geburtstag war.

Es würde wenige Gratulanten geben und es war ihr egal, dachte Hannah, oder zumindest: Es sollte ihr egal sein.

Ob sich Jakob melden würde?

Das letzte Mal hatte sie vor zwei Tagen von ihm gehört. Jakob hatte ihr geschrieben, dass ein befreundetes Paar ein Kind bekäme. Sie waren in der Stadt gewesen, er hätte sie kurz gesehen und sie ließen sie grüßen, fragten, wie es ihr gehe, was sie mache, ob sie jetzt definitiv in Berlin bliebe und nur noch kellnerte. Das wisse sie noch nicht, hatte Hannah darauf geantwortet und sofort die Gegenfrage gestellt: »Und wie geht es dir? Neuigkeiten?«, weil sie nicht mit Jakob über ihre Niederlage sprechen hatte wollen, denn es war eine Niederlage, dass sie jetzt wieder kellnerte, gerade vor Jakob empfand sie das als Niederlage, zugleich hätte sie gern mit ihm darüber gesprochen, richtig gesprochen, und nicht nur SMS hin und her geschickt. Jakob hatte dann etwas von dem ewigen Hamsterrad geschrieben, das sein Leben sei. Dass es eben so dahinlaufe, dass die Zeit schnell vergehe. Es blieb wie immer sehr allge-

mein. Und dann war der kurze elektronische Austausch wieder vorüber und beide fielen zurück in ihr Schweigen.
Immer noch schien für Hannah auf eine bestimmte Weise eine ungeheure Kraft von jeder Mitteilung auszugehen, die von Jakob kam, selbst wenn darin kaum mehr etwas von Belang stand und sie sich im Grunde nichts mehr erhoffte von ihm und von seinen Nachrichten, sondern, im Gegenteil, manchmal eher wütend wurde, dass er schrieb und dann doch nichts zu sagen hatte. Aber nie war es ihr gleichgültig, seinen Namen zu lesen und seine Wörter, an sie adressiert. Auch wenn der Schmerz, der jede seiner Mitteilungen in ihr hervorrief, inzwischen kleiner geworden war, als sie es früher jemals für möglich gehalten hätte, immer noch wühlte sie es auf, von Jakob zu hören, und immer noch antwortete Hannah Jakob auf jede SMS am selben Tag, häufig sogar sofort, was sie sonst bei keinem machte, nicht einmal bei Miriam. Ob er sich wohl melden würde?
Stein konnte es nicht wissen. Aber vielleicht hörte sie trotzdem von ihm.
Nach dem Abend im Gugelhof hatten sie einander nur noch ein Mal im Café gesehen, ein wenig miteinander geredet, aber es war alles beiläufig geblieben, zwischen Tür und Angel, und Hannah hatte keine passende Gelegenheit gefunden, um Stein darauf anzusprechen, wie sie am besten weitermachte als angehende Journalistin, er umgekehrt hatte auch nicht gefragt, wie es beruflich für sie lief. Ein wenig fühlte sie sich auch verunsichert ihm gegenüber, weil er sie nach dem Abend im Gugelhof nicht nochmals einlud und auch nicht mehr bis zur Sperrstunde geblieben war. Vielleicht hatte sie ihre Chance schon wieder verpasst. Vielleicht hatte Stein sich aber auch tatsächlich nur für sie als Frau interessiert und sie hatte ihn enttäuscht, hatte sich, ohne das zu wissen, falsch verhalten, dachte Hannah. Letzte Woche war er dann auch gar nicht

mehr aufgetaucht im Café. Das Semester war aber noch nicht zu Ende, das wusste Hannah.

Gegenüber, auf dem Kollwitzplatz, beobachtete Hannah ein kleines Mädchen. Seine dunklen Haare waren zu zwei Zöpfen gebunden, lange Fransen bedeckten seine Stirn. Es versuchte, ein paar Schritte zu gehen. Es fiel hin. Es blieb am Boden liegen. Es schrie. Niemand kam. Hannah fragte sich, wo die Mutter sei. Aber dann kam ein älterer Mann und nahm das Kind. Es hörte auf zu weinen, von einem Augenblick zum nächsten, und begann zu lachen. Wie plötzlich Traurigkeit in Freude umschlagen kann bei Kindern, dachte Hannah. Der Mann tat so, als werfe er es in die Luft, als ließe er das kleine Mädchen fallen, und es lachte und kreischte.
Hannah musste innerlich lächeln, dass sie angenommen hatte, es müsse eine Frau sein, die sich um das Kind kümmere. Sie musste auch daran denken, dass ihre Mutter ihr früher öfters gesagt hatte, dass sie, Hannah, als Kind, wenn sie hingefallen war, immer sofort aufgestanden war. Hingefallen und gleich wieder aufgestanden. Ganz alleine und ohne zu schreien. So wie jetzt, dachte Hannah. Im Grunde ging es doch immer nur darum. Man fiel hin, man stand wieder auf. Es wurde nur mit jedem Mal mühsamer und schien länger zu dauern, bis man wieder hochkam.
Seltsam, dass ihr das durch den Kopf ging, dachte Hannah. Am Kollwitzplatz blühten die Bäume, so viele fröhliche Menschen um sie herum, und in ihrem Kopf waren diese schweren Gedanken, die ihr Gemüt verschatteten. Es wäre gut, jetzt mit Miriam zu reden. Manchmal vermisste sie sie sehr, trotz ihrer Gespräche und Briefe. Es wäre gut, sie heute hier zu haben, an ihrem Geburtstag, von ihr umarmt zu werden, für einen Moment den Kopf an ihre Schulter legen zu können oder sich bei ihr unterzuhaken, während sie spazieren gingen, sie zu spüren,

jemanden zu spüren, dachte Hannah, das wäre gut für ihren Oxytocinspiegel. »Das Kuschelhormon« hatte die Headline gelautet zu dem Artikel, es war ihr erster gewesen im Volontariat, sie war gelobt worden dafür.
Ihr Kaffee war inzwischen fast kalt. Es war erst knapp nach elf. Sie hatte frei. Es war ein wunderschöner Tag und Hannah war nicht glücklich. Lieber wäre ihr gewesen, es wäre schon sieben Uhr abends, der Tag so gut wie vorüber.
Jetzt war sie also dreißig. Und nichts hatte sie erreicht.
Dreißig. Und trotz der warmen Sonne und des strahlendblauen, freundlichen Berliner Himmels fröstelte Hannah, als sie sich steif von ihrem Stuhl erhob, ihre Tasche über die Schulter hängte und Richtung Senefelder Platz ging, in ihrem Kopf der »Cold Song«, der am Morgen im Radio gespielt worden war.

Weil sie ein wenig Angst hatte, während des Tages in eine noch düsterere Stimmung zu verfallen, hatte sie sich vorgenommen, möglichst lange nicht in Miriams Wohnung zurückzugehen. Sie hatte noch das Top in ihrer Tasche, das sie zu der Abendverabredung mit Stein schließlich doch nicht getragen hatte, und wollte es heute endlich umtauschen, noch musste das möglich sein. Vielleicht fand sie etwas, was besser zu ihr passte, was ihre Stimmung aufhellen würde. Es war ihr Geburtstag, sie hatte Lust, etwas zu kaufen.
Als sie wenig später in dem Laden stand, in dem sie es gekauft hatte, mit der Plastiktüte in der einen und dem Kassenzettel in der anderen Hand, überfiel sie ein plötzlicher Ekel. Eine ganze Horde von Frauen wühlte an den Kleiderstangen und Tischen, die überbordeten vor eben solchen billigen Stoffstücken, wie Hannah eines bei sich trug. Die Frauen bewegten sich wie Ameisen. Es schien alles eine einzige große geschlossene Bewegung zu sein, man riss Kleidungsstücke von Kleiderhaken, stellte sich in die Schlange vor den Umkleidekabinen,

andere hängten die anprobierten Stücke wieder zurück, und sobald das geschehen war, griff die nächste danach und alles begann von vorn.

Die Lust, das Top umzutauschen und sich selbst stattdessen etwas anderes zu schenken, war im Nu verflogen. Wie lange war es her, dass sie in so einem Laden gewesen war?

Bis auf das eine Mal, wo sie in großer Eile dieses unselige Polyester-Ding gekauft hatte, musste es Monate her sein, dass sie einen Nachmittag damit verbracht hatte, in solche Läden zu gehen, um einfach nur aus Lust und Laune verschiedene Dinge anzuprobieren, von denen sie am Ende meistens doch keines kaufte, manchmal aber doch, das dann in ihrem Schrank liegenblieb und nie getragen wurde.

Aus den Lautsprechern kam irgendeine scheußliche synthetische Musik mit unbarmherzig hektischem Beat. Sie erschien Hannah ungewohnt laut. Im Café Florian lief keine Musik, nur gelegentlich das Radio, und in Miriams Wohnung war es meist ganz still, sie hörte in letzter Zeit immer seltener Radio. Und jetzt plötzlich dieser Lärm und die vielen Stimmen, die von überall her kamen, die Menschen, die sie, die immer noch regungslos links neben einem der Wühltische stand, anrempelten auf ihrem Weg zu den Kassen oder Umkleidekabinen, das alles war auf einmal zuviel für Hannah.

Sie fühlte sich fremd hier, sehr fremd. Ihr schwindelte. Sie streckte die rechte Hand aus, in der sie die Plastiktüte hielt, um sich abstützen zu können, falls ihr im nächsten Moment schwarz vor Augen würde. Sie fasste in einen Packen dünner V-Pullover. Wenn man einen V-Pullover kaufte, erhielt man den zweiten zum halben Preis, sagte ein Schild über dem Wühltisch, Quantität statt Qualität, und plötzlich musste sie an Stein denken.

Es war entschieden zu viel für sie, hier noch länger zu stehen und Zeit in diesem Laden zu verbringen. Sie nahm das Polyes-

terteil aus der Tüte und legte es einfach auf den Wühltisch zu ihrer Rechten. Sie achtete nicht darauf, ob jemand sie beobachtete. Den Kassenzettel legte sie nicht dazu, sie steckte ihn zurück in ihre Tasche. Dann drehte sie sich um und flüchtete so schnell wie möglich aus dem Laden.
Als sie durch die Sicherheitsschranken ging, fürchtete sie kurz, sie würden ein Geräusch von sich geben. Natürlich war das eine ganz und gar unbegründete Angst, das wusste Hannah, sie hatte ja nichts aus dem Laden mitgenommen, im Gegenteil. Aber dennoch fühlte sie sich, als sie durch die Schranken schritt, als könne man sie bei etwas Verbotenem ertappen.
Sie hatte also eben auf 25,95 Euro verzichtet. Hätte ihr jemand vor drei Monaten gesagt, sie würde an ihrem dreißigsten Geburtstag auf so einen Geldbetrag freiwillig verzichten, hätte sie ihm niemals geglaubt. Damals ernährte sie sich eine Woche von einem Betrag wie diesem.
Hannah glaubte nicht, dass sie damit das System dieses Ladens gestört hatte, weil der Computer an der Kasse bemerkte, dass der Artikel bereits verkauft worden war. Wenn es so war, dann war ihr das nur recht. Es war Notwehr gewesen. Sie hatte den Laden so schnell wie möglich verlassen müssen. Sie musste an die frische Luft, weg von diesem Lärm und den herumwühlenden Ameisen. Wenn man so wollte, war es auch eine Geste der Verachtung, dachte Hannah, als sie nach draußen stolperte ins Freie und die frische Luft einsog, auch wenn sie nicht wusste, woher dieses Gefühl plötzlich gekommen war. Irgendwie gefiel ihr das. Und zum ersten Mal an diesem Tag hellte sich ihre Stimmung auf.

Später saß sie im Einstein. Sie bestellte einen Espresso und eine Kugel Vanilleeis, so wie sie das einmal in einem Film gesehen hatte, der in Paris spielte. Die Frau in dem Film war Witwe, sie hatte bei einem Autounfall ihren Mann und ihre kleine Toch-

ter verloren und saß seither jeden Tag in einem Café und aß Vanilleeis, über das sie heißen Espresso goss.
Als sie den Film damals gesehen hatte, hatte sie sich nicht vorstellen können, selbst einmal allein in Kaffeehäusern zu sitzen. Sie wusste gar nicht genau, wann sie begonnen hatte, allein in Cafés zu gehen. Es musste in Berlin gewesen sein. Früher hatte sie das nicht gemacht, einfach so, grundlos, allein ins Café gehen, um zu lesen oder einfach nur dazusitzen. Das hatte sie erst in Berlin begonnen, am ersten Tag nach ihrem Volontariat. Ja, genau, dachte Hannah, da hatte das begonnen, da hatte vieles begonnen.
Sie saß draußen und sah auf den Boulevard Unter den Linden. Ein wenig fühlte sie sich doch schutzlos, also setzte sie ihre große Sonnenbrille auf. Sie hatte die Beine übereinandergeschlagen und verschränkte die Arme vor dem Körper und wartete auf eine Kugel Vanilleeis und den Espresso.
Dreißig. Und niemand schrieb, niemand meldete sich.
Sie kramte ihr Telefon aus ihrer Tasche und rief ihre E-Mails ab. Nichts. Sie wollte sich eine Zeitung holen, aber sie zögerte, weil sie plötzlich daran denken musste, wie ein Mann bei ihrem ersten einsamen Starbucks-Besuch ihren Mantel zur Seite schieben wollte, um sich auf ihren Platz zu setzen, während sie sich noch eine Tasse Tee geholt hatte. Sollte sie also die Handtasche mitnehmen, damit sie nicht gestohlen werden konnte, oder sollte sie sie hier lassen, damit andere wussten, dieser Tisch war schon vergeben? Aber diese Gedanken waren ja lächerlich, dachte Hannah dann, es war ja nicht Krieg und sie war auch nicht umzingelt von Dieben. Auch wenn ihr das durchaus seltsam vorkam, entschied sich Hannah dann dennoch dafür, ihr Portemonnaie und ihr Telefon mitzunehmen, die Tasche aber stehen zu lassen.
Während sie ihr Eis aufaß, las sie in der Zeitung von einem Mann, der sich nach einer Krebsdiagnose im Grunewald er-

schossen hatte und der erst jetzt, nach vielen Jahren gefunden worden war, als die Pistole, mit der er sich getötet hatte, aus einem Baum fiel. Der Mann musste damals in den Baum geklettert sein, hatte sich selbst an den Baum und die Pistole an seine Hand gebunden, und war daher nie gefunden worden, die Reste seines Skeletts befanden sich inzwischen viele Meter über dem Boden, weil der Baum emporgewachsen war. Sie las von einem 27-Jährigen, der nach 38 Tagen, in denen er vermisst und per Facebook gesucht wurde, wieder auftauchte, plötzlich wieder vor der Tür seines Elternhauses stand und sagte, er habe keinen Sinn mehr gesehen in seinem Leben, deshalb habe er fliehen wollen, habe nun aber festgestellt, dass eine Flucht unmöglich sei. Dann gab es eine Meldung über einen Mann, der in Amerika einen Ein-Dollar-Raub begangen hatte, um ins Gefängnis zu kommen, weil er sich keine Krankenversicherung leisten konnte, als Häftling aber wohl versichert wäre und offensichtlich medizinische Hilfe benötigte. Und sie las von hunderten Arbeitern aus Bangladesch, die durch ein Feuer in ihrer Firma verbrannt waren, weil sie dort eingesperrt gewesen waren.

Als der Kellner irgendwann fragte, ob er ihr noch etwas bringen dürfe, zahlte sie, stand auf und machte sich auf den Weg Richtung U-Bahn. Da hörte sie jemanden, sie war vielleicht zehn Schritte gegangen, »Fräulein« rufen, und: »Ihr Telefon!« Im selben Moment erschrak sie selbst, als ihre Hand in der linken Tasche ins Leere griff.

Abrupt drehte sie sich um. Ein grauhaariger Mann stand vor ihr und streckte ihr ihr Telefon entgegen. Hannah bedankte sich mehrfach, ein anderer hätte das Telefon sicher gestohlen, dachte sie. Der Mann wünschte ihr noch einen schönen Tag. Er hatte sie tatsächlich »Fräulein« gerufen. Aber wie sollte er auch sonst sagen. Und sie hatte ja auch darauf gehört.

Sie nahm die S2 nach Lankwitz und stieg am Südkreuz in die Ringbahn. Nach einer Station stieg sie aus und mit ihr jede Menge anderer Leute. Es war geradezu eine Kolonne, die sich zum Eingang des ehemaligen Flugfeldes bewegte. Aber als sie den Tempelhofer Park betrat, war Hannah überrascht, wie schnell sich die zäh dahingleitende Masse von Menschen in der grünen Weite, die sich vor ihr aufspannte, verlor. Sie nahm den linken Weg und ging ein Stück. Es gab keine Bänke, aber ein paar wenige Betonpflöcke, die ehemals als Begrenzungen der Landebahn gedient haben dürften. Auf einen setzte sich Hannah und sah den Kitesurfern zu und einem jungen Mann, der mit einem Fallschirm kämpfte. Schräg vor ihr ragte in der Ferne verlässlich der Fernsehturm auf. Dort, wo er war, war Hannah zuhause, wenigstens im Moment, das hatte sie oft gedacht auf ihren Spaziergängen durch die Stadt. Immer wurde sie ruhiger, wenn sie ihn sah.
Ein alter Mann auf einem Rad kam von links in ihr Blickfeld. Er hatte alle möglichen Behältnisse auf dem Gepäckträger und vorne über der Lenkstange montiert, aus denen Plastikflaschen hervorquollen. Er blieb bei dem großen Mülleimer stehen und begann, mit einer langen Greifzange darin herumzustochern und holte Flasche um Flasche aus der Tonne.
Er sah nicht heruntergekommen aus. Zumindest war er nicht schäbiger gekleidet als sie, dachte Hannah. Aber vielleicht war sie inzwischen ja schon ein wenig heruntergekommen, ihre Jeans hatten zwar noch kein Loch, waren aber schon ausgewaschen und der Stoff war an manchen Stellen ziemlich dünn geworden. Ihre Picard-Büffelledertasche, die sie seit über zehn Jahren besaß, hielt sich dafür immer noch recht gut, die Hudson-Boots, in denen die engen Jeans steckten, machten ihr dagegen Sorgen, die Sohlen waren schon ganz abgelaufen, aber für den Sommer, der jetzt kam, waren sie ohnehin zu warm.
Was unterschied sie schon von dem Mann, der in öffentlichen

Mülltonnen nach Flaschen suchte, die er gegen Pfand eintauschen konnte? Vielleicht hatte er einfach Pech gehabt und eins hatte zum anderen geführt, und da war er nun und sammelte anderer Leute Müll ein, um damit ein paar Cent zu verdienen.

Früher wäre ihr der Mann vermutlich gar nicht aufgefallen, dachte Hannah. Oder sie hätte zumindest nicht so viel Mitgefühl gehabt wie jetzt. Seltsam, wie sich ihr Blick verändert hatte über diese letzten Monate. Ob es tatsächlich immer die Ähnlichkeit brauchte, um sich verbunden zu fühlen?

Der Mann war am Container offensichtlich fertig und verstaute seine Beute und die Greifzange mit routinierten Griffen. Da fiel Hannah ein, dass sie in ihrer Tasche ja immer noch ihre Trinkflasche hatte, die sie früher täglich aufgefüllt hatte mit frischem Wasser, um sie in die Bibliothek oder, wenn sie es dort nicht ausgehalten hatte, auf ihren langen Fußmärschen quer durch Berlin mitzunehmen. Seit sie kellnerte, war sie immer leer und wurde nicht mehr gebraucht. Sie hatte es nur noch nicht übers Herz gebracht, sie wegzugeben. Es war ein vertrautes Ding, ein Andenken an diese erste unwirkliche Zeit in Berlin. Dabei war es doch nur eine Plastikflasche, deren Etikett sich schon abgelöst hatte.

Einem plötzlichen Impuls folgend griff Hannah in die Tasche und legte die Plastikflasche auf den Abfalleimer links von ihr, der schon fast überquoll. So war sie gut sichtbar. Und nur Momente später griff auch schon der Mann mit dem Fahrrad nach ihr, stocherte noch ein wenig im Mülleimer herum und entfernte sich dann. Der Kitesurfer vor ihr fluchte leise mit sich selber, weil er gestolpert war.

Hannah sah dem Mann auf dem Fahrrad nach. Der Wind blies ihr um die Ohren. Als Kind war das eines ihrer Lieblingsgeräusche gewesen, nur das Pfeifen des Windes zu hören, nicht das Rauschen der Bäume, die sich im Wind wiegten, oder das

Flattern der Wäsche, die im Wind hin- und hergeworfen wurde, nur den Wind selbst, das Geräusch der Luft an ihrem Ohr, auf einem weiten Feld wie diesem hier, oder beim Autofahren im Sommer, bei offenem Fenster, wenn einem der Fahrtwind laut um die Ohren pfiff. So wie damals, als sie mit Jakob wochenlang durch Frankreich gefahren war, immer auf den kleinen Departementstraßen, durch riesige Felder und lange Alleen, bei offenem Fenster, vor ihnen nur die Straße und am Himmel die Sonne und der Fahrtwind so laut, dass sie schreien mussten, wollten sie einander etwas sagen. Manchmal hatte Jakob ihre Hand genommen und sie geküsst und sie hatten sich kurz angesehen und gelächelt und geschwiegen und Jakob hatte ihre Hand erst wieder losgelassen, wenn er sie brauchte, um zu schalten. Damals hatte sie sich noch so unverwundbar geglaubt und gedacht, es würde immer so weitergehen, sie würden einander nie loslassen.

Bevor sie an diesem Tag ins Hinterhaus verschwand, sah sie bei den Briefkästen nach, ob Post für Miriam gekommen war. Sie machte das ein- bis zweimal die Woche, meist war das Postfach sowieso leer, sie selbst erhielt auch keine Briefe hierher, ihre Telefonrechnung kam elektronisch, die übrige Post wurde zu ihren Eltern geschickt, die, wenn sie glaubten, es sei wichtig, sie anriefen und fragten, ob sie etwas öffnen oder ihr weiterschicken sollten.

Hannah staunte daher nicht schlecht, als sie an diesem Tag gleich zwei Sendungen, die an sie adressiert waren, vorfand. Ein Kuvert, auf dem sie sofort die Handschrift ihres Vaters erkannte, und ein Luftpolsterumschlag, den Jakob an sie geschickt hatte. Das war seine Handschrift, als Absender las sie ihre eigene frühere Adresse.

Sie beschloss, zunächst das Kuvert der Eltern zu öffnen. Mit der linken Hand schnippte sie es auf, während sie zu Miriams

Wohnung hochstieg. Es waren Bankunterlagen, wenn Hannah richtig sah. Sie sperrte die Wohnungstür auf und setzte sich auf Miriams Sofa. Ja, das waren Bankunterlagen. Es ging um eine private Pensionsvorsorge, las Hannah. Im Moment interessierte sie das überhaupt nicht. Wollten ihre Eltern sie zu ihrem dreißigsten Geburtstag daran erinnern, ihre Lebensplanung zu überdenken, endlich zu beginnen vorzusorgen, ausgerechnet jetzt? Sie wussten doch, dass sie kaum verdiente.

Und weil sie das wussten, wollten sie für Hannah eine Pension ansparen, stellte sich heraus, sie müsse nur unterschreiben. Es stand auf der Rückseite einer weißen Glückwunschkarte. Da stand, sie könnten wenig tun, um ihr gegenwärtig zu helfen. Aber für ihre Zukunft könnten sie etwas tun, also hatten sie beschlossen, ab sofort für sie einzuzahlen, weil sie dazu ja nicht in der Lage sei. So stand es nicht in dem Brief, aber ihr Vater meinte genau das. Er hatte geschrieben: »Weil deine gegenwärtige Situation diese Art Weitblick unmöglich macht.« Das war diplomatisch ausgedrückt.

Sechs grüne Euroscheine waren in das Kuvert eingelegt. Für jedes bisherige Jahrzehnt zwei. Sie wurde also für die Vergangenheit belohnt, für alle bisherigen Jahre, und an ihre ferne Zukunft dachten ihre Eltern auch. Nur in der Gegenwart, da war sie allein mit sich.

Es gab auf der Grußkarte natürlich auch die obligate Passage, in der ihr ihr Vater versicherte, wie sehr sie als Eltern stolz seien auf sie, wie stolz sie selbst auf sich sein könne, dass sie doch schon viel erreicht habe, sie nicht unterzukriegen sei und so bleiben solle, wie sie war. Sie mochte das, dass ihr Vater das ausdrücken konnte, dass er ihr das schriftlich mit solcher Ernsthaftigkeit zu jedem Geburtstag versicherte. Ihre Mutter zeichnete immer irgendetwas Kleines und unterschrieb, aber die Worte dachte sich ihr Vater aus. Bisher hatte sie das immer gerührt. Heute mischte sich eine dunkle Traurigkeit dazu.

Sie öffnete Jakobs Päckchen. Sie griff hinein und hielt einen Stapel Fotografien in der Rechten. Ein gefaltetes A5-Blatt lag noch dabei. Es waren Fotos, die sie gemeinsam zeigten, die sie gemacht hatten auf Reisen, bei Feiern, zuhause. Das war ihre ganze Vergangenheit, die sie da plötzlich in ihrer Hand hielt, dachte Hannah. Und sie war überrascht über die Heftigkeit, mit der sie reagierte. Darauf war sie nicht gefasst gewesen, ganz und gar nicht.
Sie wusste natürlich, woher diese Fotos kamen. Als sie ihre Sachen aus der Wohnung geräumt hatte, hatte sie überlegt, ob sie ein paar davon mitnehmen sollte, als Erinnerung. Aber sie hatte es dann bleiben lassen. Sie wollte nicht, dass die Magnetwand im Flur grausame weiße Lücken aufwies. Sie hatte alle hängen lassen, wie sie waren. Und jetzt hatte sie sie alle plötzlich in der Hand. Irgendwann in den letzten Tagen musste Jakob sie abgenommen haben, vielleicht auch schon viel früher. Aber warum schickte er sie ihr?
Sie faltete den Zettel auseinander.
Der Text war kurz. Es gab keine Anrede. Jakob schrieb: »Die solltest du haben.« Das war alles.
Keine Frage nach ihrem Befinden, kein Gruß. »J.« stand darunter.
Hannahs Hand begann zu zittern. Sie fühlte Tränen in sich aufsteigen. Sie hatte keine Ahnung, was sie davon halten sollte. Kein Gruß. Keine Erklärung. Nichts. Auch kein Glückwunsch zum Geburtstag. Aber als Geburtstagsgeschenk war es sicher auch nicht gedacht gewesen. Der Poststempel war von letzter Woche. Der Umschlag lag sicher schon mehrere Tage im Postfach. Warum sollte sie die Fotos haben? Warum wollte er sie nicht behalten?
Sie schrieb Miriam eine SMS. Aber Miriam antwortete nicht.
Sie ahnte, dass von ihrer Haltung, die sie den ganzen Tag über zu bewahren versucht hatte, bald nichts mehr übrig sein würde.

Jakob hatte sich noch nicht gemeldet. Hatte er ihren Geburtstag vergessen oder würde er ihr absichtlich nicht gratulieren? Dann klingelte das Telefon, es waren ihre Eltern. Hannah erfand irgendetwas von einem Geburtstagstreffen mit Marius, damit ihre Eltern nicht besorgt waren und sie nicht lange reden musste. Sie war nicht in der Stimmung dazu.
Als sie aufgelegt hatte, atmete sie tief durch. Sie setzte sich auf den Fußboden vor Miriams Sofa und legte den Stapel Fotos vor sich auf den Boden. Sie starrte ihn an, unschlüssig, ob sie ihn in die Hand nehmen und alle Fotos durchsehen sollte, eins nach dem anderen, ihre ganze Vergangenheit nochmals durchgehen, oder sie besser gleich alle zusammen wegwarf. Sie könnte sie auch rituell verbrennen, dachte Hannah. Irgendwann hatte sie das einmal aufgeschnappt, dass das gut sein konnte, wenn man sich von etwas trennen wollte. Aber sie war ja keine Zwanzig mehr. Damals hätte sie so etwas vielleicht noch gemacht.
Sie saß auf dem Boden, hatte die Beine angezogen und die Arme um die Knie geschlungen. Sie starrte die Fotos an, eine ganze Weile lang. Dann schob sie den Stapel vorsichtig mit dem rechten Fuß von sich fort, so weit wie möglich, als verlöre er an Bedrohlichkeit, wenn er nur weit genug von ihr entfernt lag, und zog den Fuß rasch wieder zurück. So blieb sie, fixierte ihn mit den Augen, lauernd, wie ein Tier, das vor dem Feind erstarrt verharrt, weil es noch nicht weiß, wie es ihm begegnen soll, ob es weglaufen oder sich stellen und selber angreifen soll.
Ihr Telefon piepste, Jakob gratulierte per SMS. Immerhin. Ihren Geburtstag vergaß er also noch nicht. Sie las die Nachricht. Und dann tippte sie, ohne einen Moment zu zögern, als sei es das Normalste der Welt, auf das Anrufen-Symbol und dann lange auf die Sieben. Immer noch war das die Kurzwahl für seine Nummer. Und noch bevor sie Zeit hatte, sich zu fragen,

ob das klug sei, was sie da tat, hatte Jakob schon abgenommen.
Das erste Mal seit einem dreiviertel Jahr hörte sie seine Stimme und hörte sich sagen: »Störe ich?«
Ihr Mund war auf einmal ganz trocken.
So sprach sie doch nicht mit Jakob. So sprach man mit einem Fremden, mit jemandem, den man flüchtig kannte, aber doch nicht mit Jakob. Er beeilte sich zu verneinen, auch er klang nervös, und sie bedankte sich für die Nachricht und die Fotos. Immer noch saß sie auf dem Fußboden vor Miriams Sofa, die Beine angewinkelt, und strich mit dem Zeigefinger der rechten Hand immer wieder über den Jeansstoff, der sich über ihren Oberschenkeln spannte, die Linke umklammerte das Telefon, das sie fester als nötig an ihr Ohr presste.
Er war dabei umzuziehen. Das war der Grund, warum er ihr die Fotos geschickt hatte. Er zog nur drei Straßen weiter, Hannah kannte die Häuserzeilen in- und auswendig, sie wusste genau, wo das Haus, in dem sich die neue Wohnung befand, stand. Er hatte die Wohnung gekauft. Er hatte begonnen, ihre alte Wohnung zu streichen, und da sei ihm die Idee gekommen, ihr die Fotos zu schicken, als Erinnerung. »An uns«, sagte er.
»Und du?«, fragte Hannah leise.
»Ich hab sie ja auf meinem Computer.«
Da hatte sie sie natürlich auch, und es hätte ihr völlig gereicht, sie auch nur dort zu haben.
Hannah fixierte den Stapel, der mitten im Raum auf dem Dielenboden lag. Sie schwieg. Sie hatte aufgehört, mit ihrer Rechten über den Oberschenkel zu streichen, und stattdessen begonnen, mechanisch zu nicken, während sie ihre Augen nicht von dem Stapel Fotos nehmen konnte. Darunter lag der gefaltete A5-Zettel mit diesem einen kurzen Satz und dem »J.«.
Jakob fragte, was sie heute gemacht hatte, und Hannah ertapp-

te sich dabei, zu lügen, Jakob anzulügen. Sie sagte, sie hätte arbeiten müssen, weil sie ihm nicht sagen wollte, sie sei den ganzen Tag allein herumgelaufen.
»Und du?«, fragte Hannah dann schnell, »was machst du heute noch?«
Er sagte, er sitze gerade in ihrem leeren Wohnzimmer und versuche, die Wand weiß zu übermalen, die sie zusammen in dunklem Violett gestrichen hatten, das sei gar nicht so leicht. Und dann müsse er zum Dienst.
Das gab ihr einen Stich, zu wissen, dass Jakob jetzt in ihrer Wohnung saß. Dass die Wohnung leer war. Dass er sie ausmalte, wie sie sie damals zusammen ausgemalt hatten, als sie eingezogen waren.
Und dann verstummten beide und Hannah, die fühlte, dass sie die Tränen nicht mehr viel länger zurückhalten können würde, war froh, als Jakob sich verabschiedete.
Er sagte: »Also dann.« Und nach einer Pause: »Mach's gut. Alles Gute.«
Und sie sagte: »Du auch. Mach's gut.«
Und als sie das Knacken in der Leitung hörte und wusste, dass er aufgelegt hatte, nahm sie ihr Telefon vom Ohr, legte es links neben sich auf den Fußboden, stützte ihren Kopf auf den Knien ab und begann zu weinen.
Gleich darauf schoss sie in einem plötzlichen Anfall nach vorn und fuhr mit ihrer Rechten mit aller Kraft mitten in den Stapel hinein.
Die Fotos flogen quer durch Miriams Zimmer. Noch einmal wischte sie mit einer heftigen Armbewegung quer über die Holzdielen, wieder flogen Fotos durch die Luft. Der ganze Boden war jetzt übersät mit Bildern. Und auf einmal war Hannah rasend und wütend und entsetzt, auch wenn sie nicht wusste, worüber. Sie war knapp davor, die Flasche Wein zu nehmen und sie gegen die Fensterscheibe zu werfen. Laut klirren sollte

es, dachte Hannah, wie sie das erleichtern würde, wenn es ganz laut klirren würde und alles in Scherben läge, alles.
Sie nahm ein Kissen von Miriams Sofa und warf es probeweise mit voller Wucht gegenüber auf das Bett. Das tat gut. Sie nahm das nächste. Und noch eines und hörte nicht auf, bis alle Kissen und die Decke, die über das Sofa gelegt war, quer im Raum verstreut lagen, dazwischen überall Fotos, Jakobs Zettel, das Kuvert.
Dann piepste ihr Telefon erneut.
»Ich wollte dir ganz andere Dinge sagen eigentlich«, schrieb Jakob.
Ja, sie ihm auch, aber sie hatte es nicht gekonnt, beide hatten es nicht gekonnt, als hätten sie über die vielen kleinen schriftlichen Nachrichten, die sie in den letzten Wochen und Monaten einander geschrieben hatten, verlernt, miteinander zu sprechen.
Sie wischte sich mit der Hand über das nasse Gesicht, setzte sich wieder auf den Fußboden vor das Sofa und antwortete ihm.
Es ging dann noch zwei-, dreimal hin und her, sie sagten einander, dass sie sich vermissten, dass es nicht mehr dasselbe sei wie früher, alles immer nur komplizierter würde und schwieriger und ernster, und scherzten dann noch ein wenig, fast so, wie sie das getan hatten, als sie einander kennengelernt hatten. Am Ende schickte Jakob ihr noch einen virtuellen Kuss, zu ihrem runden Geburtstag müsse das sein, schrieb er, bevor er sich endgültig verabschiedete, weil er Dienst hatte.
Hannah setzte sich auf das weiße Sofa. Ihr fiel zum ersten Mal auf, dass es weiß war. Es sah so viel freundlicher aus als mit der dunklen Decke als Überwurf, fand sie. Sie überblickte das Chaos am Boden. Sie beschloss, es vorerst so zu lassen. Um sie herum auf dem Boden lag ihre Vergangenheit verstreut, Dutzende Fotos, auf denen sie lächelte, lachte, mit gespieltem

Ernst vorwurfsvoll in die Kamera blickte, die Arme seitlich in die Hüften gestemmt, auf denen sie geküsst wurde, umarmt wurde, auf denen sie glücklich war.
Jakobs Stimme zu hören, ließ alles plötzlich wieder so viel lebendiger und näher erscheinen, als sei eine fast verheilte Wunde wieder aufgerissen worden. Warum hatte sie ihn auch anrufen müssen, dachte Hannah, sie hätte ahnen können, wozu das führen würde, gerade heute, an ihrem Geburtstag. Aber warum hatte er ihr auch die Fotos schicken müssen?

Irgendwann kam noch eine SMS von Stein. Stein lud sie zu einem Ausflug an den Wannsee ein. »Sofern es nächsten Freitag nicht wieder regnet wie so oft dieser Tage«, hatte er geschrieben, und hinzugefügt: »Wollen wir in Zukunft nicht Du sagen? Martin«
Da musste Hannah lächeln und antwortete gleich, und es fühlte sich seltsam an, »lieber Martin« zu tippen und nur mit »Hannah« zu unterschreiben.

7

Drei Tage später hatte Hannah immer noch nichts von Miriam gehört. Sie hatte ihr an ihrem Geburtstag abends noch eine Mail geschrieben und eine SMS, hatte von dem Telefonat mit Jakob erzählt und geschrieben, dass Stein ihr endlich das Du angeboten hatte. Miriam hatte darauf nicht reagiert, auch am nächsten Tag nicht und am übernächsten auch nicht. Das wunderte Hannah. Auf Skype erreichte sie sie auch nicht.

Sie hatten nie darüber gesprochen, in welchen Abständen sie sich gegenseitig melden wollten, damit die eine nicht um die andere besorgt sein müsse. Sie hatten nicht vereinbart, alle zwei Tage würden sie einander ein Lebenszeichen geben. Ihre Freundschaft kannte solche Regeln nicht und wozu denn auch, es schien absurd, so etwas zu vereinbaren, es hieß, mit dem Schlimmsten zu rechnen. Und als sei es ein böses Omen, auch nur davon zu reden, hatten beide das Gespräch niemals darauf gebracht. Tatsächlich hörten sie ohnehin immer voneinander, seit der Trennung von Jakob hatte sich der Kontakt intensiviert, sie skypten oder mailten fast täglich, schrieben SMS hin und her, da gab es nichts zu vereinbaren. Deshalb wurde Hannah am dritten Tag auch langsam nervös, als sich Miriam noch immer nicht gemeldet hatte. Es würde ihr doch nichts zugestoßen sein. Und was, wenn?

Es war der Freitag, an dem sie mit Stein an den Wannsee fahren wollte. Sie wartete auf ihn an der Ecke Kolmarerstraße/Knaackstraße. Sie sah ihn aus der Ferne auf sich zukommen und nahm sich vor, heute ihre Chance zu nutzen; wer weiß, wie oft und wann sie ihn wiedersehen würde, sie war dreißig,

so konnte es doch nicht weitergehen, es musste etwas geschehen.
Als sie in der S-Bahn einander gegenübersaßen, fragte sie ihn gleich, ob sie ihm Artikel von sich schicken durfte, ob er bei seinen Kollegen fragen konnte, ob sie vielleicht als freie Mitarbeiterin schreiben konnte.
»Natürlich mache ich das. Du schickst mir einfach ein paar Sachen von dir. Die Bezahlung ist ganz schlecht, das brauche ich dir ja nicht zu sagen«, war die Antwort.
Er sagte das einfach so heraus, ohne jemals eine Zeile von ihr gelesen zu haben, dachte Hannah. Aber womöglich ging es darum eben gar nicht. Immerhin war das geschafft, dachte Hannah. Ein Teil von ihr hätte ihn am liebsten gleich noch nach seiner Mail-Adresse gefragt und wäre dann sofort wieder umgekehrt, nach Hause gefahren, um am Computer sitzen zu können und darauf zu warten, dass Miriam sich meldete, aber das konnte sie nicht machen, und eigentlich hatte sie sich doch auch auf den Tag mit Stein gefreut, wie sie sich jedes Mal freute, wenn sie ihn sah.
Als sie an der Station Wannsee ankamen und Hannah wieder einmal auf ihr Telefon sah, um sicherzugehen, keine SMS überhört zu haben, legte Stein, der dicht hinter ihr stand, seine Hand auf ihre Schulter, während er sie sachte zur S-Bahn-Tür schob. Da dachte Hannah, sie mussten ein komisches Paar abgeben. Und im nächsten Moment fiel ihr ein, dass dies das erste Mal war, dass sie darüber nachdachte, wie sie zusammen auf andere wirkten, dass sie von ihnen als Paar dachte. Es war auch das erste Mal, dass Stein sie tatsächlich berührte. Bisher hatte er ihr immer nur die Hand gegeben und einmal beiläufig seine Hand auf ihren Arm gelegt. Dies eben war eine absichtliche Geste gewesen, dessen war sich Hannah sicher, und sie war ihr nicht unangenehm gewesen, stellte sie verwundert fest.

Sie mochten ein seltsames Paar abgeben, dachte Hannah, als sie kurz darauf nebeneinander hergingen, zum Haus, in dem die Wannsee-Konferenz stattgefunden hatte. Vielleicht waren sie aber auch ein interessantes Paar. Allzu schlecht passten sie womöglich gar nicht zueinander. Es fiel ihr leicht, mit ihm Schritt zu halten, er ging weder allzu schnell noch ungewöhnlich langsam, sie fand es durchaus angenehm, neben ihm herzugehen.

Stein wollte ihr diesen Ort zeigen, er hatte gemeint, es sei ganz interessant, das einmal gesehen zu haben. Hannah hatte ihn allerdings schon einmal gesehen, allein, auf einem ihrer Ausflüge quer durch Berlin war sie hierher gekommen, aber davon erzählte sie Stein nichts.

Sie tat so, als sähe sie die Ausstellung zum ersten Mal, das Rundschreiben Heydrichs zur »Endlösung der Judenfrage«, die Eichmann-Protokolle, den Schnellbrief zur Vorbereitung der Juden-Deportation. Wie beim ersten Mal, als sie hier war, stand sie am Ende eine Weile reglos an einem Fenster in Raum 9, wo die neunzigminütige Konferenz stattgefunden hatte, und versuchte zu spüren, was 1942 hier passiert war, in eineinhalb Stunden. Stein stand neben ihr, redete ununterbrochen von der Ungeheuerlichkeit dieser Schrecknisse und sprach über die Museumspädagogik hier, verglich das Haus mit anderen Holocaust-Gedenkstätten und Museen, mit dem Museum in Ypern, auf das er Hannah damals im Café angesprochen hatte. Hannah nickte gelegentlich zustimmend, aber sie folgte seinen Ausführungen kaum.

Sie dachte die ganze Zeit an Miriam. Heute früh hatte sie das erste Mal nachgefragt: »Geht es dir gut? Ist etwas passiert?« Das klang nicht allzu hysterisch, fand Hannah. Es klang besorgt, und das war sie auch, aber es klang nicht panisch.

Sie hatte sie doch nicht verärgert mit einer Bemerkung? Sie hatten nie über ihre Freundschaft gesprochen. Weder Hannah noch Miriam hatten irgendwann einmal gedroht, die Freundschaft aufzukündigen. Es war nicht so wie bei ihren Beziehungen zu Männern. Da gab es Krisen. Da sprach man über die Beziehung, über eine mögliche Trennung. Man stritt und versöhnte sich. Ihre Freundschaft hatten Hannah und Miriam dagegen einfach als gegeben genommen. Da gab es nichts zu bereden. Sie hatten auch nie wirklich gestritten, vielleicht, weil ihre Leben zu wenig ineinander verwoben waren, als dass sie über etwas hätten streiten können, vielleicht, weil sie einander sein ließen und ihre Erwartungen aneinander andere waren als die, die ihre Männer erfüllen sollten. Es war wie ein Nebeneinander-Hergehen, kein Einander-Umklammern oder -Festdrücken, sie berührten einander nicht, aber wenn sie den Blick zur Seite wandten, wussten sie, die andere war da, ganz in der Nähe, in Rufweite.

Hannah fühlte sich schlecht, weil sie so wenig bei der Sache war. Es war nicht richtig, hier zu sein und doch nicht wirklich hier zu sein. Aber sie konnte es nicht ändern. Sie war froh, als Stein irgendwann vorschlug, nach draußen zu gehen und gemeinsam zum Kleist-Grab zu spazieren. Das hatte sie damals, als sie allein am Wannsee war, nicht besucht.

Sie schwiegen beide, als sie nebeneinander hergingen, nur gelegentlich stellte Stein eine Frage, ob sie gern ins Theater ginge, ob sie in Berlin ein Stammkino hätte, solche Dinge, aus denen sich kein längeres Gespräch ergab, was Hannah aber nicht störte. Es war kein peinliches Schweigen zwischen ihnen, es schien ganz natürlich zu sein, dass sie so nebeneinander hergingen, jeder in seinen Gedanken. Einen Moment überlegte Hannah sogar, ob sie Stein erzählen sollte, dass Miriam sich seit drei Tagen nicht gemeldet hatte, ob sie ihn fragen sollte, was er davon hielte, aber was sollte Stein darauf sagen, er kannte Miriam nicht, er wusste nichts über ihre Freundschaft.

Als sie vor Kleists Grabstein standen, musste Hannah innerlich laut auflachen. Gleich daneben gab es einen zweiten Grabstein, den seiner Gefährtin, die ihn in den Tod begleitet hatte. Es war ein herrliches Ensemble: Kleists Grabstein war dreimal so groß wie jener von Henriette Vogel. Stein stand vor Kleists Grab, Hannah vor Henriettes.
Sie machten sich bald wieder auf Richtung Stadt, Stein musste abends noch zurückfahren nach Hamburg, zu seiner Familie, wie er sagte, als er einen Arm vor Hannah ausstreckte, um sie vor herabhängenden Zweigen zu schützen, und sie mit dem anderen wieder leicht an der rechten Schulter berührte.
Als Stein in der S-Bahn sich entschuldigend sein Telefon hervorkramte, um seine Mails zu kontrollieren, nutzte Hannah die Gelegenheit, ihn nach seiner Mail-Adresse zu fragen. Miriam hatte immer noch nicht geschrieben. Es waren jetzt über drei Tage.
Zur Verabschiedung küsste Stein sie diesmal rechts und links auf die Wange und drückte dabei sanft mit beiden Händen ihre Arme. Er roch erstaunlich gut, fand Hannah, und aus irgendeinem Grund war es ihr nicht recht, das zu denken. Wie sie diese ungleich innigere Verabschiedung als alle vorherigen deuten sollte, wusste sie nicht. Ganz geheuer war sie ihr nicht, aber unangenehm war es ihr auch nicht gewesen, nein, sicher nicht.

Vielleicht sollte sie Miriam jetzt doch einfach anrufen, dachte Hannah, als sie die Wohnungstür öffnete. Wenn ihr wirklich etwas zugestoßen war, würde sie allerdings wahrscheinlich auch nicht ans Telefon gehen. Aber sie hätte dann zumindest versucht, Miriam zu erreichen. Jemand, der Miriams Telefon fand, würde nachsehen, wer zuletzt angerufen hatte, und würde dann diese Nummer wählen. Und sie müsste sich später keine Vorwürfe machen, nichts oder zu wenig unternommen

zu haben. Das war ja doch das Schlimmste, die Unterlassung. Etwas nicht versucht zu haben, nichts getan zu haben, obwohl man wusste, man hätte etwas tun können.
Sie wählte Miriams Namen aus der Kontaktliste aus und drückte die Anrufen-Taste, es war ihr egal, was das kosten würde, wenn Miriam abnahm.
Aber niemand ging ran, und als sie in der Mailbox landete, legte sie auf. Sie wollte nicht nochmals die gleichen Sätze wiederholen, die sie ihr schon geschrieben hatte.
Hannah wusste nicht recht, was sie machen sollte. Sie war unruhig, hätte Miriam gern erzählt von dem Ausflug an den Wannsee. Was war nur los mit Miriam?
Sie beschloss zu duschen. Dann setzte sie Tee auf und aß Nudeln, mittlerweile hörte sie dabei kein Radio mehr. Sie hatte sich an die Stille in der Wohnung längst gewöhnt. Sie machte ihr nichts mehr aus, im Gegenteil, sie empfand sie jetzt meist als wohltuend. Es war normal geworden, wie es normal geworden war, für sich allein zu kochen.
Danach begann sie eines von Miriams Büchern zu lesen, ohne sich aber konzentrieren zu können, sah immer wieder auf ihr Telefon, schickte noch zwei Nachrichten an Miriam, putzte die Küche und das Bad, als könne Miriam in der Ferne spüren, dass sie da war, sich um ihre kleine Wohnung kümmerte. Sie wusch Wäsche, überzog das Bett neu. Als ihr nichts mehr einfiel, was sie noch tun konnte, legte sie sich ins Bett, obwohl es noch viel zu früh war, um schlafen zu gehen.

Als Jakob seine kleine Lebenskrise gehabt hatte und sich nicht mehr sicher war, Hannah zu lieben, war Hannah für ein paar Tage mit Miriam verreist. Sie waren nach Wien gefahren, wo Miriams Cousine wohnte. Es war Herbst gewesen, Anfang Oktober, und sie waren nach Steinhof gefahren. Sie wollten die Kirche sehen, die ersten Kastanien fielen, eine, die ihr Mi-

riam gegeben hatte, hatte sie immer noch. Sie lag jetzt in einer der Schachteln im Keller der Eltern.
Natürlich fanden sie die Kirche verschlossen. Also gingen sie einfach in den Steinhofgründen spazieren, die Sonne schien, es war ein warmer Nachmittag, Himmel und Luft schon herbstlich klar, und in einer Wiese, über die sie querfeldein gingen, ließen sie sich ins Gras fallen und blinzelten hinauf in die Sonne.
Sie wusste noch, dass Miriam, damals noch ohne Freund, gefragt hatte, warum es Frauen so nicht genügte. Miteinander, ohne Mann. Das sei doch eigentlich absurd, was fehle ihnen denn jetzt, hier, zu zweit in der Sonne liegend im hohen Gras. Und Hannah, innerlich ängstlich, in Zukunft ohne Jakob auskommen zu müssen, hatte zwar gelacht und ihr zugestimmt, ja, es sei absurd, es fehle nichts, es sei völlig falsch, sich unvollständig zu denken als Frau ohne Mann, ohne Freund. Aber sie hatte nicht geglaubt, was sie da sagte. Im Grunde hatten sie es beide nicht geglaubt. Die Wahrheit war, es war für sie immer selbstverständlich gewesen, einen Freund zu haben oder haben zu wollen.
Wenn sie nun daran dachte, fragte sie sich, warum. Sie war an diesem Nachmittag doch glücklich gewesen. Aber damals hatte sie sich ein Leben ohne Freund, ohne Jakob noch nicht vorstellen können. Sie hatte niemals gedacht, dass es einmal Miriam sein würde, die die einzige, die letzte Konstante in ihrem Leben sein würde.
Wie lange musste man warten, um jemanden vermisst zu melden? Hannah schaltete das Licht ein und griff nach ihrem Computer. Sie kam als Erstes auf eine Facebook-Seite, »Vermisste Menschen in Deutschland«, »14.691 gefällt das« stand dort, »148 sprechen darüber«. Sie fand heraus, dass in Deutschland täglich zwischen 150 und 250 Personen als vermisst gemeldet wurden. Die meisten Fälle klärten sich dabei

innerhalb einer Woche oder eines Monats, fast alle innerhalb eines Jahres. Man musste nicht so und so viele Stunden und Tage abwarten, bis man jemanden vermisst melden konnte, man musste auch den letzten Aufenthaltsort nicht unbedingt angeben können, es ging nur um die Gesamtumstände, wie es hieß. Sie könnte also sofort zur Polizei marschieren, aber die Gesamtumstände würden wohl niemals ausreichen, um Miriam in Russland suchen zu lassen.
Sie sollte vielleicht zunächst versuchen, in Miriams Wohnung die Adresse ihrer Mutter zu finden, oder deren Telefonnummer, dachte Hannah dann, oder ihre exakte Moskauer Wohnadresse, die sie ja auch nicht kannte. Sie durchsuchte die Schreibtischschubladen nach einem Adressbuch, ohne recht daran zu glauben, eines zu finden. Sie selbst besaß auch keines mehr, alle ihre Adressen waren in ihrem Mail-Account gespeichert. Sie fand auch keines und blätterte dann sämtliche von Miriams Ordnern durch, in denen sie Verträge, Urkunden, Steuererklärungen aufbewahrte, aber sie fand nichts, was ihr weiterhelfen konnte. Auf ihrer Geburtsurkunde stand zwar eine Adresse, aber das konnte nicht mehr die aktuelle ihrer Mutter sein, Miriams Eltern waren umgezogen, das wusste Hannah, das erste Mal schon, als Miriam fünf Jahre alt war. Und durch die spätere Scheidung der Eltern hatte Miriams Mutter ohnehin wieder eine neue Adresse.
Es beschämte Hannah, so hilflos zu sein. Sie stand im Pyjama vor Miriams Bücherregal, mitten in ihrer Wohnung, und musste sich eingestehen, dass sie hilflos war. Sie wusste so wenig über Miriam, so wenig Faktisches, wie ihre aktuelle Wohnadresse. Wie konnte das sein?
Und wie wenig wusste Miriam umgekehrt von ihr? Und wie oft war sie nicht erreichbar gewesen für sie?
Sie ging zurück ins Bett, aber sie wusste, sie würde nicht schlafen können.

Sicher hatte sie Miriam gelegentlich auf Antwort warten lassen, eigentlich früher sogar recht oft. Sie hatte nicht immer sofort geantwortet. Bei Jakob hatte sie das getan, ihm hatte sie immer sofort geantwortet, das tat sie ja nach wie vor beinahe immer, Miriam hatte sie ab und zu warten lassen.
Hannah kochte Tee. Es gab nichts mehr für sie zu tun außer zu warten, darauf, dass Miriam sich melden würde. Alles andere zählte nicht, dachte Hannah. Alles andere spielte keine Rolle. Sie musste sich melden. Es durfte ihr nichts geschehen sein. Hannah wagte beinahe nicht, den Gedanken zu denken, als beschwöre sie so jenes Unheil, vor dem sie sich so ängstigte, aber Miriam war alles, was ihr noch geblieben war. Das war die Wahrheit.
Das Teewasser kochte, Hannah goss ihre Thermoskanne bis oben voll. Sie verkroch sich mit der Thermoskanne zurück ins Bett. Sie wählte Miriams Nummer und kam sofort in die Mailbox. Sie nahm ihren Computer nochmals zur Hand und versuchte sie auf Skype zu erreichen. Nichts. Auch ihr Posteingang war leer.
Sie hatte alle Filme, die Miriam besaß, inzwischen angesehen, ihre eigenen ebenso, mehrfach. Aber mit irgendetwas musste sie sich ablenken, also beschloss sie, noch einmal die Serie über die Landung der Alliierten in der Normandie anzusehen, das waren viele Stunden Filmmaterial, notfalls konnte sie bis morgen Mittag in einem fort vor dem Bildschirm sitzen bleiben und darauf warten, dass Miriam sich meldete.

Als sie den ersten Teil gerade gestartet hatte, klopfte es. Es war nicht die Türklingel. Jemand klopfte an die Wohnungstür, dreimal. Er musste direkt vor der Wohnung stehen.
Hannah erschrak. Die Wohnungstür war von innen versperrt, zumindest glaubte Hannah das, sie machte das immer automatisch und hatte es ausgerechnet heute doch nicht verges-

sen. Aber daran erinnern, den Schlüssel tatsächlich im Schloss herumgedreht zu haben, konnte sie sich in diesem Moment nicht. Noch einmal klopfte es. Wieder waren es drei kurze, schnell aufeinanderfolgende Schläge gegen die Tür. Es war deutlich zu hören, sie bildete sich das nicht ein.

Es war inzwischen dunkel geworden, als einziges Licht in der Wohnung brannte die kleine Leuchtkugel neben Miriams Bett. Mit einer schnellen Bewegung schaltete sie Hannah aus, auch wenn sie nicht wusste, ob der schwache Lichtschein überhaupt unter der Eingangstür hindurch zu sehen war. Sie saß kerzengerade im Bett und lauschte, wagte nicht, sich zu bewegen.

Es hatte noch nie jemand direkt an die Wohnungstür geklopft, es hatte auch noch nie jemand geläutet bei ihr, sie hatte nie Besuch gehabt hier. Was, wenn jetzt Einbrecher vor der Tür stünden? Wenn sich jetzt gleich die Türklinke bewegte und plötzlich wildfremde Menschen in ihrer Wohnung auftauchten? Sie konnte die Thermoskanne nach dem Eindringling werfen, dachte Hannah. Ihr Computer war zu kostbar dafür, der kam nicht infrage. Sie überlegte fieberhaft, aber sie hatte nichts, was als Waffe taugte, in Reichweite. Sie wagte noch immer nicht, sich zu rühren. Die Holzdielen knarrten oft unter ihren Schritten, das hätte man nach draußen gehört. Sie wollte nicht, dass man hörte, dass da jemand in der Wohnung war.

Stille.

Hannah blieb, wie sie war, aufrecht im Bett sitzen, ließ die Tür nicht aus den Augen, obwohl sie die Türklinke in der Dunkelheit kaum sehen konnte. Mit der rechten Hand griff sie nach der Thermoskanne. Sie fixierte die Tür, robbte dann Richtung Fußende des Bettes, um nicht sofort im Blickfeld zu sein, wenn der Eindringling plötzlich im Flur stünde. Sie bewegte sich wie in Zeitlupe, um keine Geräusche zu verursachen. Sie saß nun am unteren Bettdrittel, gerade so, dass sie die Türklinke noch sehen konnte, man sie aber, dachte Hannah zumindest, nicht

mehr sofort entdeckte, betrat man die Wohnung. Und immer noch hielt sie die Thermoskanne mit der Hand umschlossen. Sie war sehr warm.
Irgendwann musste sie dringend zur Toilette. Sie hatte keine Ahnung, wie lang sie schon so im Bett gesessen hatte, sie hatte kein Klopfen mehr gehört, auch keine Schritte im Treppenhaus. Sie wusste nicht, wer das gewesen war, wie er ins Haus gekommen war, ob er noch vor der Tür kauerte und nur darauf wartete, dass sie sich zeigen würde.
Sie zählte zur Sicherheit noch sehr langsam bis zwanzig. Dann stand sie in Zeitlupentempo auf. Sie stand neben dem Bett. Blieb dort stehen, zählte wieder, diesmal nur bis zehn. Dann setzte sie vorsichtig den rechten Fuß nach vorn. Schon beim zweiten Schritt knarrte die Diele, auf die ihr Fuß trat. Sie erstarrte, lauschte, hörte nichts als den eigenen Atem. Auf Zehenspitzen ging sie in den Flur. Vor ihr lag die Wohnungstür, links von ihr ging es ins Bad. Sie wagte immer noch nicht, Licht zu machen. Aber die Spülung betätigte sie dann doch. Es kam ihr sehr laut vor.
Sie öffnete die Badezimmertür möglichst geräuschlos, nur einen Spalt weit, blieb im Bad stehen, horchte wieder und wartete. Dann öffnete sie die Tür ganz, stand im Flur und griff langsam nach dem Schlüssel, der in der Eingangstür steckte. Sie bekam ihn zu fassen, ohne ein Geräusch zu verursachen. Sie versuchte, ihn umzudrehen. Er ließ sich nicht mehr weiterdrehen, die Tür war versperrt. Sie atmete auf. Sie sah durch den Türspion nach draußen.
Nichts.
Das Treppenhaus war dunkel.
Erschöpft verkroch sich Hannah wieder im Bett, stand dann aber sofort wieder auf, um aus der Küche Miriams Hammer zu holen, das einzige Werkzeug, das Hannah in der Wohnung bisher entdeckt hatte. Er lag auf dem Fensterbrett in der Küche

im Eck. Sie legte ihn direkt neben Telefon und Lampe auf den Boden, in Griffweite.
Jetzt musste sie sich erst recht ablenken, dachte Hannah, und klickte auf Play. Als die erste DVD fertig war, legte sie sofort die zweite ein. Irgendwann bekam sie Hunger. Sie hatte den ganzen Tag über kaum etwas gegessen, fiel ihr ein.
Sie stand also auf und schnitt Brot. Es hatte aufgehört zu regnen, Hannah öffnete das Fenster, um die feuchte, vom Regen schwere Luft hereinzulassen, wollte gerade von ihrem Honigbrot abbeißen, als ihr Telefon piepste. Sie hatte auf maximale Lautstärke gestellt, um es nur nicht zu überhören, und stürzte sofort ins Wohnzimmer zurück. Es lag neben dem Bett auf dem Boden und leuchtete. Sie las: »Die neue Element of Crime!«
Das war von Jakob.
Was sollte denn das heißen? Was meinte er denn damit? Dass sie sich die CD kaufen sollte? Vor drei Tagen hatten sie noch miteinander telefoniert, das erste Mal seit Monaten, und einander versichert, wie sehr sie einander vermissten, und jetzt redete er von einer Band. Das war ja nicht einmal ein ganzer Satz, den er da schrieb.
Sie warf das Telefon aufs Bett.
Sie hatte gedacht, es sei Miriam.
Wütend ging Hannah zurück in die Küche. Ihr Brot lag nur halb auf dem Teller, sie hatte es zu achtlos abgelegt, als sie das Telefon gehört hatte, Honig tropfte auf den kleinen Küchentisch. Sie ärgerte sich.
Eigentlich hätte sie jetzt noch Lust gehabt hinauszugehen, um den Druck, den sie in ihrem Kopf spürte, loszuwerden, sie hätte sogar Lust gehabt zu rennen, bis sie nicht mehr konnte.
Sie war wütend, wütend auf Jakob. Sie hatte gedacht, es sei ein Schritt gewesen, das Gespräch mit ihm. In die eine oder die andere Richtung. Was sollte also diese SMS?
Was war das überhaupt für eine Art miteinander zu reden –

einzelne Sätze hinzuwerfen, ohne Anrede, ohne Verabschiedung, oder nur einen einzelnen Satz oder eine Frage oder nicht einmal einen ganzen Satz. Und dann tagelang wieder Stille, manchmal auch wochenlang. Und dann wieder irgendein anderer Satz, eine neue Frage, die nichts mit dem vorher Gesagten zu tun haben musste. Was sollte man denn davon halten? Oder war die Nachricht am Ende gar nicht für sie bestimmt gewesen? Vielleicht hatte Jakob sie jemand anders schicken wollen, jemandem, den er kennengelernt hatte? Vielleicht war das nur ein Teil einer Konversation, der versehentlich an die falsche Telefonnummer gegangen war? Sie schüttelte den Kopf. Sie würde Jakob nichts antworten auf die SMS.
Sie ging zurück ins Bett und startete die nächste Folge. Weiße Fallschirme fielen lautlos aus dem schwarzen Himmel, an ihnen hingen amerikanische Fallschirmjäger, Männer, die sich freiwillig gemeldet hatten, um als erste hinter den deutschen Linien abgeworfen zu werden.
Es sah alles so friedlich aus und so selbstverständlich, als sei es die normalste Sache der Welt, dass Hunderte Männer im Schutz der Dunkelheit aus Fliegern sprangen, schwer bewaffnet, um am nächsten Morgen die wichtigsten Stellungen der Feinde auszuschalten, so sagte man, das wusste Hannah. Der ganze Himmel war übersät mit kleinen, weißen Punkten, die sich Richtung Erde bewegten, im Hintergrund spielte nicht wie sonst in den Hollywood-Kriegsfilmen irgendeine dramatische Musik, die Männer fielen in völliger Stille lautlos zur Erde. Die Sequenz dauerte nicht lange, aber sie beeindruckte Hannah. Auch das konnte Krieg sein, dachte sie, es sah gar nicht danach aus, nicht aus der Ferne, in der die Kamera verharrte, man sah es erst aus unmittelbarer Nähe, an den eindeutigen Zeichen und Symbolen, den Waffen, den Uniformen, den Abzeichen. Es sah so friedlich aus, aber es war Krieg, D-Day, Operation Overlord hatte begonnen.

Insgeheim beneidete Hannah diese Männer, nicht darum, was sie taten, tun mussten, bereit waren zu tun, um das Risiko, dem sie sich auslieferten, um die Erfahrung des Krieges, natürlich nicht. Aber diese Männer hatten etwas, was sie nicht hatte. Und darum beneidete sie Hannah sehr. Sie waren nicht allein, sie waren Teil von etwas, Teil von etwas Großem.
Sie hatte sich oft gefragt, während ihres Studiums, was Kameradschaft bedeutete. Früher hatte sie mit dem Begriff kaum etwas anfangen können, aber jetzt war das ganz anders. Und plötzlich dachte sie, sie müsse Miriam schreiben. Sie müsse ihr sagen, wie wichtig sie sei für sie. Sie würde ihr das schreiben, jetzt sofort. Dass es ihr leidtue, für jedes Mal, wenn sie für sie nicht erreichbar gewesen war, für jedes Mal, wenn sie ihr nicht richtig zugehört hatte, und dass sie in Zukunft eine noch bessere Freundin sein wolle, eine Kameradin sein wolle für sie.
Sie begann, eine Mail zu tippen. Es war nicht lang, es waren nur ein paar Sätze, sie wollte ihr sagen, wie wichtig sie ihr war, wie wichtig ihr ihre Freundschaft war. Sie dachte, sie sollte Miriam das einmal sagen. Man schrieb Liebesbriefe, warum dann keine Freundschaftsbriefe.
Sie sendete, ohne den Text nochmals zu lesen, und sah dann die Serie weiter. Und irgendwann, während sie auf den Bildschirm starrte, fiel ihr plötzlich ein, was sie noch tun konnte. Natürlich, im Büro des Senders konnte sie anrufen, für den Miriam arbeitete. Das wusste sie ja wenigstens, wie der hieß. Warum war ihr das nicht schon viel früher eingefallen. Anders als Hannah hatte Miriam ja immerhin eine regelmäßige Arbeit, der sie nachging. Dort konnte sie nachfragen, wann sich Miriam zum letzten Mal gemeldet hatte, man würde Bescheid wissen, falls Miriam etwas zugestoßen war. Sie würde dort morgen sofort anrufen, jetzt war es zu spät dafür.

Einmal noch dachte Hannah, es war inzwischen spätnachts, wieder ein Klopfen gehört zu haben. Sie unterbrach den Film und wollte gerade nach dem Hammer greifen, aber dann hörte sie Gelächter und Schritte, die sich entfernten. Es war nur jemand nach Hause gekommen, der über ihr wohnte. Oder umgekehrt, jemand war zu Besuch gewesen und ging jetzt nach Hause. Das würde auch das Klopfen an ihre Tür erklären, dachte Hannah. Jemand hatte sich im Stock geirrt. Vielleicht. Und dann kam ihr ein seltsamer Gedanke. Es würde doch nicht Stein gewesen sein, der bei ihr geklopft hatte? Er wusste, wo sie wohnte, sie hatte ihm das einmal gesagt. Aber er war doch nach Hamburg gefahren.

Sie war schon ganz wirr im Kopf, dachte Hannah, als sie das Licht ausknipste. Ein letztes Mal an diesem Tag sah sie auf ihr Telefon, dann deckte sie sich zu, lag in Miriams Bett, mit offenen Augen, lauschte der Stille und starrte auf die dunkle Decke über ihr.

Wenn sie heute Abend jemand überfallen und getötet hätte, sie würde nicht einmal richtig identifiziert werden, dachte Hannah. Man hätte sie sicherlich für Miriam gehalten. Sie wohnte ja in ihrer Wohnung. Es wusste niemand im Haus, wer sie war, dass sie nicht Miriam war. Und sie trug keine Erkennungsmarke wie ein Soldat. Wenn man sie überfiele und ihr die kostbarsten Dinge, die sie besaß, das wenige Wertvolle, das ihr gehörte, ihr Telefon, ihren Computer und ihre Tasche, in der sich Portemonnaie und Pass befanden, stehlen würde, wüsste hier tatsächlich niemand mehr, wer sie war.

Am Morgen wurde sie von ihrem Telefon geweckt. Das Display leuchtete, es war eine SMS von Miriam, und Hannah zählte die Rufzeichen nicht, die hinter ihrer Entschuldigung prangten. Markus hatte sie zu einem spontanen Ausflug nach Petersburg überredet, und sie hatte zu spät bemerkt, dass sie ihr Telefon zuhause vergessen hatte. Drei Tage ohne Telefon, das sei zwar irgendwie auch schön gewesen, aber irgendwie sei es auch ganz schlimm gewesen, und es tue ihr so leid.

So einfach war das. Und es war so naheliegend gewesen.

Minuten später skypte Hannah, noch im Bett liegend, Miriam an. Und als sie ihre Stimme hörte, wusste sie schon beinahe nicht mehr, warum sie so beunruhigt gewesen war. Es war doch alles gut. Sie sprachen miteinander wie immer, Miriam erzählte von den Tagen mit Markus und Hannah berichtete ihr endlich über den Wannseeausflug mit Stein und wunderte sich, dass Stein für sie Stein blieb, obwohl sie einander inzwischen duzten.

Schon tat es Hannah leid, wie sie sich benommen hatte, wie panisch sie gewesen war. Hoffentlich glaubte Miriam jetzt nicht, sie sei hysterisch oder krank, psychisch krank, paranoid oder etwas in der Art, wenn sie später ihre E-Mail las.

Als sie aufgelegt hatte, piepste ihr Telefon erneut. Es war eine MMS von Jakob. »Jetzt sieht unsere Wohnung wieder aus wie am Anfang. Habe heute die Schlüssel abgegeben«, war der Text. Und das Bild zeigte einen weißen, leeren Raum, Buchenparkett am Boden, und eine nackte Energiesparlampe, die von der Decke hing. Das war ihr Wohnzimmer gewesen.

Hannah sank in ihr Kissen zurück. Sie musste daran denken, wie sie ihm ihre Schlüssel zurückgegeben hatte. Daran, wie Jakobs Stimme gezittert hatte, als er sie eingefordert hatte bei ihrem letzten Treffen, und an die Hand, die sie dann nahm und sich zurückzog. Das war das Letzte gewesen, was Hannah von Jakob gesehen hatte: seine hellen Augen, in denen Tränen standen, und die Hand, die er ausstreckte und die sich um die drei Schlüssel schloss, die sie nacheinander von ihrem Schlüsselbund genommen und in seine Hand gelegt hatte, den Schlüssel für das Haus, den für die Wohnung und den kleinen für den Briefkasten, und die sich dann zurückzog und in seiner

Hosentasche verschwand. Das war das letzte Bild, das sie von ihm im Kopf hatte: Wie sich seine Hand zurückzog, er ihr in die Augen sah, sie sich beide dann sofort abwandten, weil sie den Blick des anderen nicht aushielten, und grußlos auseinandergingen.

Vielleicht hatten sie von Anfang an das Falsche im anderen gesehen, dachte Hannah, während sie auf das Foto auf dem Display starrte. Aber der Wunsch, diesem letzten Bild ein neues hinzuzufügen, es nicht so zu belassen, war plötzlich für Momente wieder groß.

8

Hannah sah Stein zum letzten Mal im Juli, als das Semester zu Ende ging. Seit Tagen regnete es fast ununterbrochen, es war zu kalt für die Jahreszeit. Draußen prasselte der Regen auf das grüne Blätterdach der Lindenbäume, die Straßen um den Wasserturm, sonst voller Menschen, blieben leer. Alle flüchteten nach drinnen, ins Trockene, das Café Florian war immer gut besucht und Hannah hatte viel zu tun.
Sie hatte Stein ein paar Artikel geschickt und auch ihren Lebenslauf, den sie endlich auf den neuesten Stand gebracht hatte. Wenn alles gut ging, wenn Stein ihr half, wie er das angedeutet hatte, dann würde auch sie endlich in ein neues Leben hinübergleiten, dachte Hannah, vielleicht schon sehr bald. Es wäre höchst an der Zeit dafür, fand sie. Seit sie mit Jakob telefoniert hatte, seit er ihr das Foto geschickt hatte von ihrer kahlen Wohnung, bemerkte sie, wie ihre Ungeduld mit jedem Tag wuchs, dass etwas in ihrem Leben voranging. Die Arbeit im Café begann sie allmählich zu langweilen, ein Leben konnte sie sich darauf kaum aufbauen, sie verdiente gerade genug, um alle laufenden Kosten zu decken, zum Ansparen blieb nichts. Hätte sie sich selbst eine neue Wohnung gesucht, woran sie seit dem Telefonat mit Jakob ab und zu dachte, dann wäre schon das Bereitstellen einer Kaution ein Problem gewesen. Und Zeit zum Schreiben blieb auch keine mehr, das störte Hannah am allermeisten.
Ihre Eltern waren auch alles andere als begeistert über die Tatsache, dass ihre Tochter in Berlin als Kellnerin geendet war. Hannah hatte zwar Barista gesagt, als sie es ihnen irgendwann endlich erzählt hatte, weil das cooler klang, aber das hatte ihre

Eltern auch nicht beeindruckt. Bevor sie zu ihrer Vietnamreise aufgebrochen waren, hatten beide lange mit ihr am Telefon gesprochen. Sie solle noch eine Ausbildung machen, heimkommen und noch eine Ausbildung machen, etwas Handfestes, etwas, womit man eine Anstellung finden würde, selbst heute noch, sie würden das auch bezahlen, hatten sie gemeint, als sie per Konferenzschaltung zu zweit auf sie eingeredet hatten. Hannah hatte abgelehnt.

An diesem Nachmittag kam Stein recht spät und blieb lange. Wie immer setzte er sich zu ihr an die Bar, nachdem er sie zur Begrüßung auf die Wange geküsst hatte. Hannah hatte ein wenig Angst davor, ihn zu fragen, ob er über die Sommerferien auch nach Berlin käme, vielleicht um hier in Ruhe zu arbeiten, weil sie fürchtete, er würde nein sagen. Es war anzunehmen, dass er bei seiner Familie in Hamburg bleiben würde, und das stimmte sie traurig.

Also fragte sie ihn nicht, sie redeten, wie sie immer redeten, über alles Mögliche, bis er selbst irgendwann sagte, morgen um zehn ginge sein Zug nach Hamburg, ab Mitte August würde er einen Monat auf Urlaub sein und erst im Herbst wieder nach Berlin kommen. Es würde also ein einsamer Sommer werden, dachte Hannah, wie sie das erwartet hatte, und obwohl sie die Antwort nicht überraschte, war sie in diesem Moment dennoch traurig. Aber vielleicht würde sie ja selbst auch nicht mehr lang hier sein, wer sagte, dass sie nicht bald schon selber in Hamburg sein und Stein dort wiedersehen würde, als Kollegin.

Stein sah sie lange an, nachdem er das gesagt hatte, und Hannah konnte seinen Blick nicht deuten. Etwas war heute anders als die Male davor, schien Hannah, aber sie hätte nicht sagen können, was es war.

Dann stand Stein auf, unbeholfen, als sei er verlegen, er lächel-

te, meinte: »Also dann. Wir hören voneinander«, und hängte sich seine Tasche um.
Hannah trat vor die Bar, um sich von ihm zu verabschieden. Es war normal geworden zwischen ihnen, dass er sie links und rechts auf die Wangen küsste, während seine Hände ihre Arme leicht berührten, er sie mit sanftem Druck zu sich zog.
»Wir hören voneinander«, sagte Hannah, »du sagst Bescheid, wenn sich etwas ergibt?«
»Natürlich«, sagte Stein und sah sie an, zögerte einen Moment. Dann umarmte er sie, und diesmal umarmte er sie richtig, sie spürte seine Hände auf ihrem Rücken, seinen Hals an ihrer Wange. Sie roch sein Parfum. Er roch gut und es ärgerte sie, nicht zu wissen, welcher Duft das war. Und dann küsste Stein sie auf den Mund. Hannah erwiderte seinen Kuss nicht, sie konnte nicht, ihre Lippen blieben geschlossen, sie war wie erstarrt. Irgendwann drückte Stein sie noch einmal ganz an sich, fest und lang. Dann verschwand er, wortlos, und Hannah blieb völlig verstört zurück, stand wie angewurzelt mitten im Lokal, als Stein zur Tür hinaus und durch den Regen fortging.

Die restlichen zwei Stunden bis Dienstschluss versuchte sie sich darauf zu konzentrieren, keine Bestellung zu vergessen und alles richtig in die Kasse einzutippen, was ihr schwer genug fiel, obwohl sie sich lächerlich fand, angesichts eines Kusses, eines einzigen Kusses, den sie nicht einmal erwidert hatte. Aber es half nichts, sie war innerlich völlig durcheinander, sie konnte an nichts anderes denken als an diesen Moment vorhin, an Steins Berührung, seinen Geruch, den sanften Druck seiner Arme.
Abends wollte sie mit Miriam skypen, aber die war nicht zuhause. Also blieb Hannah mit ihren Gedanken allein, stand am offenen Fenster, sah hinaus in den Regen, der noch immer aus dem wolkenschweren Himmel fiel, atmete die nasse Luft

ein, dachte an Stein, der nur ein paar Häuser weiter in seiner Wohnung jetzt seine Unterlagen ordnete, Koffer packte und morgen für den Sommer nach Hamburg fuhr, zu seiner Familie, zu seiner Frau, von der sie anders als von seiner Tochter nach wie vor weder Namen noch Foto kannte.

Sie wusste, in welchem Haus er wohnte, er hatte es ihr einmal gezeigt, und sie war versucht, hinauszugehen, sich in die Prenzlauer Allee zu stellen und zu seinem Fenster hochzusehen. Aber warum sollte sie das tun? Warum dachte sie daran, das zu tun?

Im Grunde kam es überhaupt nicht infrage, mit Stein etwas anzufangen, wenigstens nicht, solange sie keine Kollegen waren, nicht, solange sie auf seine Hilfe hoffte. Und er war verheiratet. Aber hatte sie daran gedacht, in dem Moment, als er versucht hatte, sie zu küssen? Hatte sie deshalb seinen Kuss nicht erwidert?

Sie versuchte Miriam noch einmal anzuskypen, schrieb eine SMS, sie müsse mit ihr reden, unbedingt, ein Notfall, Stein habe sie geküsst. Sie setzte mindestens zehn Ausrufezeichen dazu.

Aber was wäre schon dabei, jetzt zu duschen, ihre schönste Unterwäsche anzuziehen, sich zu schminken, rote Lippen oder Smokey Eyes, entweder oder, und dann die paar Schritte bis zu Steins Haus zu laufen, durch den strömenden Regen, und bei ihm zu klingeln, zu warten, bis er sie hinaufbitten würde, um am Ende tropfnass und außer Atem vor seiner Wohnungstür zu stehen, vor ihm zu stehen und abzuwarten, was dann passieren würde.

Dass es regnete, sprach sehr dafür, dachte Hannah, durch den Regen zu laufen hatte in Filmen immer etwas Romantisches, es wäre jetzt tatsächlich die perfekte Gelegenheit, so etwas einmal zu machen, jedes Mädchen wollte so etwas doch einmal machen, oder nicht?

Hannah streckte eine Hand nach draußen und spürte die Regentropfen auf ihrer Haut. Sie fuhr sich mit der nassen Hand durch die Haare.
Jetzt, dachte sie. Jetzt schließ das Fenster, dreh dich um, geh ins Badezimmer, trag Mascara auf, nicht wasserfest, damit dein Auftritt dramatischer wirkt, lauf zu ihm, schau ihn mit deinen großen rehbraunen Augen ängstlich und zugleich hungrig an. Tu es. Es wäre richtig, es zu tun, es könnte nur von Vorteil sein. Aber sie bewegte sich nicht, blieb wie angewurzelt stehen, hörte dem Regen zu, der nicht weniger wurde, und sie lachte nicht über sich, obwohl das alles doch höchst lachhaft war. Aber sie konnte nicht.

Am nächsten Morgen las Hannah als Erstes Miriams SMS. Sie gratulierte ihr dazu, Stein den Kopf verdreht zu haben. Das sei nie falsch, schrieb sie, und was das Berufliche anginge: Es sei noch nichts verloren. Sie setzte zwei Ausrufezeichen dahinter.
Hannah hatte irgendwo einmal gelesen, dass eine Entscheidung dann richtig sei, wenn man ruhig darüber schlafen konnte, nachdem man sie getroffen hatte. Sie hatte geschlafen, allerdings unruhig, sie hatte geträumt, konnte sich aber nicht erinnern, wovon.
Etwas in ihr fürchtete, sie würde Stein nie wieder sehen, würde nichts mehr von ihm hören, falls sie nichts mehr unternahm. Aber sie brauchte ihn, sie brauchte ihn unbedingt, er war doch ihr Joker, er sollte ihr helfen, dazu sollte ihre Begegnung gut sein. Es war nicht richtig, Stein so gehen zu lassen. Warum hatte sie seinen Kuss nicht einfach erwidert?
Sein Zug ging um zehn, hatte er gesagt. Sicher hatte er ihr das absichtlich gesagt, fiel Hannah ein. Warum nannte man sonst die Uhrzeit? Hannah war unruhig. Sie sollte erst um vier im Café sein, sie hatte nichts zu tun, was sie ablenken könnte.
Als Hannah schließlich schnell nach ihrem Telefon griff und

im Vorbeigehen die Jacke von der Garderobe nahm und aus der Wohnung stürmte, zeigte die Uhr zwanzig Minuten nach neun. Noch konnte sie es rechtzeitig zum Hauptbahnhof schaffen.

Sie erwischte die M2, die gerade an der Knaackstraße hielt. Das war ja noch viel besser, Stein am Bahnhof zu überraschen, als mitten in der Nacht tropfnass vor seiner Wohnung zu stehen, dachte Hannah, als sie, von ihrem kurzen Sprint außer Atem, in der Straßenbahn stand. Es war viel origineller, die Szene würde kurz sein, musste kurz sein, und im Bett konnten sie mit Sicherheit auch noch nicht landen, das hieß, Hannah gewann Zeit.

Als sie am Alexanderplatz zur S-Bahn hochhastete, fiel ihr auf, dass sie ihre Tasche vergessen hatte. Sie hatte kein Geld bei sich und keinen Ausweis, nur das Telefon und ihre Wohnungsschlüssel hatte sie in die Jackentasche gesteckt. Das Telefon zeigte nur noch zwei Striche, der Akku würde bald ausgehen, sie hatte vergessen, es über Nacht aufzuladen.

Wenn jetzt nur niemand ihre Fahrkarte sehen wollte, dachte Hannah, sie würde sich nicht einmal ausweisen können.

Die restliche Fahrt bis zum Hauptbahnhof war Hannah damit beschäftigt zu hoffen, nicht beim Schwarzfahren erwischt zu werden und rechtzeitig zum Bahnhof zu kommen, und als ihre S-Bahn ganz oben im Bahnhof einfuhr, wusste sie nicht, was sie eigentlich tun wollte, wenn sie Stein tatsächlich am Bahnsteig fände. Aber in dem Moment, in dem sie dort stünde, ihn sähe, würde sie schon wissen, was zu tun sei, was sie tun wollte, was sie für ihn empfände, beruhigte sie sich.

Sie stieg aus der S-Bahn und verlor sich in der Masse an Urlaubern, Touristen, Geschäftsreisenden, die sich zu den Rolltreppen und Aufzügen wälzte, suchte eine Anzeigetafel und las, dass Steins Zug auf Gleis 2 abfuhr, also ganz unten. Der Zug ging in zehn Minuten.

Hannah begann zu laufen, aber es hatte keinen Sinn. Zu viele Leute blockierten den Weg, überall waren Koffer, Rucksäcke, Menschen, die einander umarmten, in Gruppen zusammenstanden, mit ihrem Gepäck ein Durchkommen unmöglich machten, sodass ihr nichts anderes übrig blieb, als sich brav einzureihen in die Menschenschlange, die sich in den Bauch des Bahnhofs hinabwälzte. Sie ärgerte sich, die Rolltreppe genommen zu haben, anstatt auf den Aufzug zu warten. Es kam ihr wie eine Ewigkeit vor, der Weg vom zweiten Obergeschoss zum ersten und dann weiter zum Erdgeschoss.
Als sie endlich im Untergeschoss war, hatte sie noch fünf Minuten. Sie fand nicht sofort, wohin sie sich wenden musste, um zu Gleis 2 zu gelangen. Sie ärgerte sich über sich selbst, darüber, nicht ruhig zu bleiben, wo sie doch wusste, dass man gerade, wenn man überhastet agierte, Fehler beging. So verlor sie wertvolle Sekunden. Dann sah sie die Rolltreppe, die zu Gleis 2 führte, und lief die letzten Schritte, sie rempelte im Lauf sogar eine ältere Frau an, um noch vor ihr bei der Rolltreppe zu sein, und lief die letzten Schritte hinunter.
Sie stand auf dem Bahnsteig. Der Zug war gerade eingefahren, Leute stiegen aus und ein, es war ein wildes Durcheinander, die eine Kolonne schob sich zu der Rolltreppe, von der Hannah gerade gekommen war, die andere drängte an ihr vorbei und in den Zug hinein.
Wo war Stein?
Hannah war versucht, seinen Namen zu rufen.
Ihr Herz klopfte. Sie blickte nach links, nach rechts, unruhig, ging ein paar Schritte nach vorn, den Zug entlang, studierte die Menschentrauben, die sich vor den Eingängen des ICE gebildet hatten. Nichts.
Nach und nach wurden es weniger. Irgendwann waren alle eingestiegen. Nur zwei Schaffner standen noch zusammen, unterhielten sich.

Sie war zu spät gekommen, dachte Hannah, während sie die Waggons abschritt und zu den Fenstern hoch sah, versuchte, Stein dort irgendwo auszumachen, im Inneren des Zuges. Aber wie hatte sie sich das auch vorgestellt, ihn hier zu finden, zwischen all den Menschen, die aus- und einstiegen. Es war aussichtslos.

Dann sah sie ihn doch, tatsächlich, sie sah ihn, sah ihn am Fenster sitzen, im Bordbistro. Sie blieb stehen. Ja, das war er. Das war Stein. Sie hob ihre Hand, zögerlich, deutete ihm.

Zuerst glaubte sie, Stein sähe sie nicht. Sein Blick schien ins Leere zu gehen. Er sah müde aus, müde und ein wenig traurig, ganz anders als sie ihn erinnerte. Etwas Mattes lag in seinem Blick, das sie das allererste Mal in seinen Augen sah. Und plötzlich war sie sich sicher, dass er sie doch sah. Er zeigte nur keinerlei Reaktion. Seine Augen verrieten nichts, er schien durch sie hindurchzublicken, starr und hart. Hannah hatte immer noch ihre rechte Hand leicht erhoben und versuchte, ihm nochmals zu winken. Aber dann ließ sie ihren Arm heruntersinken und stand nur noch wie angewurzelt da, sah zu ihm hoch, unverwandt, erschrocken, verstört.

Sie hatte gedacht, sie wüsste, was sie empfände, wenn sie ihn sähe. Sie wusste es nicht. Sie fühlte nur, dass es sie bestürzte, Stein so zu sehen, diesen fremden Blick auf ihr. Ja, sie war sich jetzt sicher, dass er sie direkt an- und durch sie hindurchsah, als hätte er sie nie gekannt.

Der Zug fuhr an, das Stillleben vor ihren Augen kam in Bewegung und sie konnte nichts mehr tun. Stein wurde von ihr weggezogen, endgültig von ihr weggezogen, und Hannah konnte nur da stehen und mit ihren Augen an ihm festhalten, noch einen Moment und noch einen, und hoffen, Stein gäbe ihr doch noch ein Zeichen, im allerletzten Moment, bevor sie einander ganz aus den Augen verloren, ein Zeichen, sie erkannt zu haben, ihr gut zu sein, sie nicht jetzt schon vergessen

zu haben. Aber da war nichts in seinem Blick, bis zuletzt. Seine Augen blieben fremd.
Dann war er verschwunden, und Hannah stand allein am Bahnsteig und fühlte eine heftige Erregtheit in sich aufsteigen. Sie wusste nicht, wohin mit sich. Ihr Mund war ganz trocken und das alte Gefühl war plötzlich wieder da, keine Luft mehr zu bekommen.
Was hatte sie hier überhaupt verloren?
Sie errötete vor Scham. Es fiel ihr schwer, sich darauf zu konzentrieren, was um sie herum geschah. Da war eine Lautsprecherstimme, die den nächsten Zug ankündigte, der am gegenüberliegenden Gleis zur Abfahrt bereitgestellt wurde, so hieß das, und schon kamen neue Menschen, viele neue Menschen, und Hannah wurde Richtung Rolltreppe bugsiert.
Sie bewegte sich wie in Trance, fuhr eine Rolltreppe hoch und dann noch eine. Sie sah vor sich vier große Drehtüren, das musste das Erdgeschoss sein, sie wollte dort hinausgehen, sie hatte sowieso keine Fahrkarte für die S-Bahn dabei und sie brauchte frische Luft. Sie würde zu Fuß gehen müssen und das würde ihr guttun. Es würde ihr helfen, einen klaren Kopf zu bekommen, sie war ja völlig durcheinander, es war unglaublich, wie sie sich benahm, wie eine Irre hierher zu laufen und dann winkend an einem Bahnsteig zu stehen, in der Hoffnung, der Mann, dessen Kollegin man sein wollte, möge einem aus einem anfahrenden Zug zurückwinken. Was war nur los mit ihr?

Als Hannah durch eine der großen Drehtüren am Eingang des Bahnhofs hinaustrat auf den Europaplatz, musste sie blinzeln, so hell schien die Sonne. Sie blieb einen Moment lang stehen, wollte sich fangen, ihr war heiß und ihr schwindelte. Aber es war so laut und vom Stehen hier wurde auch nichts besser, Hannah hatte Angst, womöglich zusammenzuklappen, ihr war kurz schwarz vor Augen. Es war kein Verlass mehr auf sie,

dachte Hannah, sie sollte zusehen, dass sie nach Hause kam, vielleicht konnte sie sich krankmelden heute.
Also ging sie weiter. Gehen hieß einen Fuß vor den anderen setzen, schön regelmäßig und langsam, das war wie Meditieren, dachte Hannah, das würde sie beruhigen, würde ihr gut tun. Sie wusste, sie musste die Invalidenstraße entlanggehen, Richtung Osten. Aber dann war sie sich nicht mehr sicher, ob sie sich jetzt nach links oder nach rechts wenden musste. Sie ging ein paar Schritte nach links, durch die wartenden Taxis hindurch, wollte den Platz schräg queren. Ein wenig fühlte es sich für Hannah an, als ginge sie in Zeitlupe oder als bewegten sich alle anderen plötzlich mit doppelter Geschwindigkeit. Sicher fühlte sich Hannah nicht auf den Beinen.
Dann fiel ihr ein, dass sie doch die Spree überqueren musste, die Spree war rechts des Bahnhofs. Also doch nach rechts. Sie wandte sich neuerlich um. Aber da war ein Taxi, das gerade anfuhr, direkt vor ihr.
Hannah fiel.
Das Letzte, was sie wahrnahm, bevor sie ohnmächtig wurde, war ein lautes Geräusch in ihrem Kopf und dass jemand schrie.

In dem Zimmer, in dem Hannah lag, als sie zu sich kam, schien alles weiß zu sein. Die Zimmerdecke war weiß, auch die Wand gegenüber war weiß. Die Bettwäsche war weiß und der Vorhang, der die Fensterfront links von ihr verschloss, auch. Es tat weh, den Kopf nach links zu wenden, stellte Hannah fest. Also ließ sie es sofort wieder bleiben. Etwas Kaltes rann in ihren rechten Arm. Ihr Mund war staubtrocken. Sie fuhr sich mit der Zunge über die Lippen und versuchte zu schlucken. Das ging, half aber nicht.
Sie versuchte, ihren rechten Arm zu bewegen. Auch das ging. Sie konnte ihn nur nicht ganz anwinkeln wegen der Leitung, die man ihr in die Armbeuge gelegt hatte. Sie versuchte, ihre

Beine zu bewegen. Auch das ging. Aber sie fühlten sich seltsam steif an. Der linke Arm war verbunden und fixiert. Sie spürte ihn nicht. Er war wie ein Fremdkörper. Ihr war übel.
Wie war sie hierhergekommen?
Sie versuchte sich zu erinnern, aber ihr Gedächtnis ließ sie im Stich. Rechts von ihr öffnete sich die Tür. Eine Schwester trat herein. Sie fragte sie, ob sie wisse, was passiert sei, ob sie sich erinnern könne daran, in ein anfahrendes Taxi gelaufen zu sein. Ihr linker Ellenbogen war beim Fall gebrochen, man hatte sie operiert, alles sei gut verlaufen.
Wenn die Schmerzmittel aufhörten zu wirken, die Schmerzen im linken Arm zu groß würden, dann solle Hannah klingeln, sagte die Schwester, während sie auf das fahrbare Ding rechts von ihr eine Schnabeltasse voll Wasser stellte.
Ihre Sachen habe sie in den Nachttisch gelegt. Ob sie sonst etwas für Hannah tun könne, ob sie jetzt vielleicht jemanden anrufen solle, fragte die Schwester, worauf Hannah sofort innerlich in Panik verfiel und nach ihrem Telefon fragte. Wenn das nur nicht kaputtgegangen war bei dem Unfall.
Sie sagte, sie wolle selbst ihre Eltern anrufen. Die Schwester öffnete die Schublade des Nachttischs, nahm das Telefon heraus, gab es Hannah. Das Display war schwarz, kein gutes Zeichen, dachte Hannah und versuchte, es mit der rechten Hand einzuschalten. Sie war sehr erleichtert, als der Bildschirm gleich darauf weiß wurde und sie ihren Pin-Code eingeben sollte. Es war nicht kaputtgegangen, wenigstens das nicht. Aber dann blinkte das Display auf, »Akku laden« stand da und das Gerät schaltete sich ab. Die Schwester versprach, ein Ladegerät zu suchen. Sie hatten welche auf der Station, vielleicht sei ein passendes dabei. Dann wollte sie wieder verschwinden, als Hannah noch einfiel, dass sie Marius unbedingt Bescheid sagen musste. Sie bat die Schwester, für sie anzurufen.
Dann war Hannah wieder allein im Zimmer. Das Bett neben

ihr bei der Tür war leer. Hannah besah ihren linken Arm. Er blieb ein Fremdkörper, alles war taub. Kurz erinnerte sie sich an einen schrecklichen stechenden Schmerz. Sie hatte Angst, dass er zurückkam. Die Schwester hatte gemeint, sie würde Schmerzen haben. Noch fühlte sie nichts. Immer noch war ihr übel.
Dann fiel ihr ein, dass sie unbedingt Miriam anrufen musste. Sie sollte sich nicht so ängstigen, wie sie sich selbst geängstigt hatte, neulich, als sie Miriam nicht erreichen konnte. Auf dem Tischchen rechts von ihr stand ein Telefon, das sie benutzen konnte. Aber sie wusste Miriams Nummer nicht auswendig, weder ihre russische noch ihre deutsche Nummer.
Hannah versuchte sich zu konzentrieren. Sie wusste Miriams deutsche Vorwahl. Sie wusste die ersten beiden Ziffern, mehr nicht. Sie versuchte, sich das Display vorzustellen, wenn Miriam anrief. Aber es zeigte immer nur »Miriam ruft an«, es zeigte nie die Nummer.
Die Nummer ihrer Eltern wusste sie auswendig. Die konnte sie anrufen. Aber sie waren ja noch nicht zuhause, sie waren im Urlaub, bis übermorgen.
Sie nahm nochmals ihr Telefon aus dem Nachttisch. Das ging. Sie schaltete es ein. Das Display blinkte einmal kurz weiß auf, wurde wieder schwarz. Auch das war ihre Schuld. Sie hatte vergessen es zu laden über Nacht. Alles war ihre Schuld.
Völlig hilflos war man ohne Geräte, ärgerte sich Hannah. Sie konnte nichts tun als hoffen, die Schwester würde bald ein Ladegerät auftreiben. Sie könnte sie nicht einmal bitten, ihr eins zu kaufen, wenn es in der Charité eines zu kaufen gäbe, weil sie kein Geld dabei hatte. Dabei täte es jetzt so gut, mit Miriam zu sprechen.
Die Schwester hatte gemeint, sie würde vielleicht noch befragt werden wegen des Unfallhergangs. Was sollte sie erzählen? Es schien wirklich so, als sei sie nicht bei Sinnen gewesen heute

Morgen, schon als sie die Wohnung verlassen hatte. Wie hatte ihr denn das alles passieren können?
Wo mochte Stein jetzt sein? Hatte er sie wirklich gesehen und nicht sehen wollen, oder hatte sie sich das alles eingebildet? Sie war sich nicht mehr sicher.
Hannah sah nach links, sie hatte vergessen, die Schwester zu bitten, den Vorhang aufzuziehen. Sie konnte nur erkennen, dass es draußen noch hell war, dass es sonnig war, die Schatten der Fensterrahmen zeichneten sich im Vorhangstoff ab.
Jetzt hatte sie es also in die Klinik geschafft, was für eine Glanzleistung, dachte Hannah. Immer noch war ihr übel. Ihr Kopf begann zu schmerzen. Es war ein anderer Schmerz als der, den sie kannte, kein gewöhnlicher Kopfschmerz. Dann schlief sie ein.
Einmal noch wurde sie an diesem Tag wach, als ein Arzt kam und die Schwester von vorhin, die ihr sagte, dass sie Marius erreicht habe und er ihr gute Besserung wünsche, die Nummer hatte sie auf einen Zettel geschrieben und legte ihn auf das Nachttischchen, falls sie selbst nochmals anrufen wolle. Das Ladegerät würde sie erst morgen früh bekommen, eine Kollegin könne eines mitbringen von zuhause.
Der Arzt blieb nicht lang. Er sah Jakob gar nicht ähnlich. Aber es war auch absurd, bei jedem Arzt nach einer Ähnlichkeit mit Jakob zu suchen, nur weil Jakob auch Arzt war, oder überhaupt bei jedem Mann.
Wenigstens Marius wusste Bescheid, dachte Hannah. Man musste auch mit wenig zufrieden sein. Miriam würde sie morgen anrufen. Und ihren Eltern simsen. Essen wurde noch gebracht, sie versuchte, ein paar Löffel Suppe zu sich zu nehmen, aber das ging nicht, ihr war inzwischen noch übler geworden. Das könne von der Narkose sein, sagte die Schwester. Und sie bekam noch ein Schmerzmittel, präventiv, für die Nacht. Hannah nahm es und schlief sofort ein.

Als Hannah die Schwester am nächsten Morgen mit einem Ladegerät für ihr Telefon das Zimmer betreten sah, spürte sie große Erleichterung. Endlich konnte sie nach der Visite ihre E-Mails abrufen und SMS verschicken. Marius hatte noch eine SMS geschickt, wünschte gute Besserung, fragte, ob sie etwas brauche. Ihre Eltern hatten gemailt und Fotos von Hanoi und Ho-Chi-Minh-Stadt geschickt, und auch Jakob hatte ihr eine Mail geschrieben. Das überraschte Hannah, gemailt hatte er ihr schon seit Monaten nicht mehr. Von Stein keine Nachricht, aber sie hatte auch keine erwartet.
Hannah beschloss, zuerst Jakobs Mail zu lesen, bevor sie Miriam anskypte. Die Betreffzeile war leer und als sie die Nachricht öffnete, sah sie sofort, dass der Brief ziemlich lang war, ungewöhnlich lang für Jakob, der kein großer Briefschreiber war. Jakob schrieb, dass er nicht wisse, ob er ihr das mitteilen sollte oder nicht, dass er seit Tagen mit sich hadere deshalb. Aus irgendeinem Grund wolle er es, wolle vor allem, dass sie es von ihm erführe und von keinem anderen. Am Telefon habe er es nicht übers Herz gebracht, es ihr zu sagen, aber der Grund für seinen Auszug sei, dass er in den nächsten Wochen Vater würde, Vater einer Tochter. Es sei keineswegs geplant gewesen und anfangs sei es ihm auch ziemlich schwergefallen, sich zu freuen darüber. Er vermisse sie, immer noch vermisse er sie, vermisse das, was sie gehabt hatten zusammen, wollte aus diesem Grund lange nicht ausziehen aus der Wohnung, die das Letzte sei, das ihn noch an sie erinnerte, daran, wie ihr Leben zusammen gewesen war. Er habe versucht, ihr so gut es ging aus dem Weg zu gehen über die letzten Wochen und Monate und so selten wie möglich zu simsen oder zu mailen, damit sie ihre Vergangenheit endgültig vergessen könne. Ihm gelinge es nicht, schrieb er, er würde sie nie vergessen. Er schrieb: »Verzeih, wenn das alles konfus klingt. Ich wollte dir nur schreiben, dass ich Vater werde und ich wollte dir schreiben, dass ich dich

vermisse. Wie auch immer. Ich habe es jetzt nochmals durchgelesen, und es ist konfus. Verzeih. J.«
Das Lesen auf dem kleinen Telefondisplay war einigermaßen anstrengend. Hannah hielt das Telefon mit ihrer rechten Hand, von der morgens die Leitung entfernt worden war, ganz nah vor ihr Gesicht, als sie das las. Die Linke lag nutzlos in einer Trageschlaufe vor ihrem Oberkörper. Ihre rechte Hand begann zu zittern, das Telefon in ihrer Hand zitterte, der ganze Arm zitterte, als sie las und kaum verstand, was sie las, das Bild vor ihren Augen schien immer wieder zu verschwimmen.
Ungläubig starrte sie das »J.« an. Dann entdeckte sie noch ein PS. Jakob schrieb, das sei ein technisches PS, er habe ihren Internetanschluss in ihrem Namen gekündigt.
Draußen schien die Sonne. Irgendwo ein zwitschernder Vogel in einem Baum. Das Kopfteil von Hannahs Bett war hochgestellt, ihre Beine hatte sie angewinkelt zum Lesen, ihre rechte Hand legte das Telefon zitternd auf den Nachttisch. Alles wie in Zeitlupe. Sie sah zum Fenster hinüber. Als dehne sich die Zeit, dachte Hannah, als stünde alles still, jetzt wusste sie, was das hieß.
Wie lange hatte Jakob schon eine neue Freundin? Warum hatte er nie etwas gesagt? Und so bald schon würde er Vater werden, so bald.
Dann plötzlich wieder das Gefühl, nicht atmen zu können, heftiger als sie es jemals zuvor gespürt hatte. Sie setzte sich auf, stützte den Oberkörper auf ihren rechten Arm. Ihr schwindelte, sie versuchte, sich zu konzentrieren, tief einzuatmen. Vergebens.
Mit Mühe stand sie auf, langsam, setzte ihre nackten Füße auf den kalten Fußboden und versuchte, den Kopf vornübergebeugt, die rechte Hand auf das Bett gestützt, ruhig einzuatmen, tief einzuatmen.
Es ging nicht.

Hannah bekam Angst. Sie versuchte es noch einmal. Es ging nicht.

Zum Fenster, dachte Hannah, und: Luft.

Ihr wurde schwarz vor Augen, als sie aufrecht stand, es dauerte, bis die Sicht zurückkam. Dann ging sie die paar Schritte zum Fenster, brauchte alle Kraft ihres rechten Arms, um es zu öffnen. Im dritten Anlauf gelang es ihr, sie steckte ihren Kopf ins Freie. Sommerluft strömte herein. Die Vogelstimmen jetzt viel lauter und entfernt Autolärm, warme Sonne auf ihrem Gesicht, warme Sonne, die ihr wehtat. Sie schloss die Augen, versuchte tief einzuatmen, sah vor sich den Satz: »Ich wollte dir schreiben, dass ich Vater werde, und ich wollte dir schreiben, dass ich dich vermisse.«

Ein Ton war in ihrem Ohr, ein hoher gleichförmiger Ton, der sich zwischen Vogelstimmen und Autolärm mischte. Ihr linker Arm fühlte sich immer noch an, als gehöre er nicht mehr zu ihr. Die Finger waren ganz kalt, der Verband machte ihn schwer und unförmig. Sie schluckte und hustete.

Jakob wurde Vater. Jakob war nicht allein in der neuen großen Wohnung. Es gab jemanden in seinem Leben. Eine ganze Weile schon gab es jemanden in seinem Leben. Und bald würde er eine Familie haben. Kein Jahr nach ihrer Trennung würde er eine Familie haben.

Wieder versuchte sie einzuatmen. Tief, bis in den Bauch. Es ging nicht. Es blieb ein lächerliches, kurzes Schnappen nach Luft, wieder und wieder.

In einem plötzlichen Anfall rasender Wut schlug sie mit dem tauben linken Arm gegen das Fensterbrett.

Auf den Schmerz, der in diesem Moment kam, war sie nicht vorbereitet. Zuerst war es nur ein Stechen im linken Arm, am Ellenbogen, ein heftiges Stechen. Dann breitete sich der Schmerz aus, wellenförmig, zuerst im linken Arm bis nach vorn in die Fingerspitzen, die sich auf einmal ganz heiß anfühlten,

dann in die Beine, zuletzt in den Kopf. Hannah konnte nichts mehr denken. In Sekunden wurde ihr neuerlich schwarz vor Augen. Ihr war speiübel. Ihr war schwindlig. Sie hatte Angst hinzufallen.
Sie taumelte, nahm sich zusammen, tastete sich vorsichtig an der Wand entlang Richtung Toilette, das Bild vor ihren Augen war undeutlich, aber sie wusste, jeden Moment würde sie erbrechen müssen, sie musste es bis zur Toilette schaffen. Und tatsächlich, als sie zwischen Schmerzwellen, die sie fast besinnungslos machten, den Toilettensitz hochklappte, ihren rechten Arm aufstützte, um niederknien zu können, übergab sie sich das erste Mal.
Es blieb nicht dabei.
Als es vorbei war, war Hannah völlig erschöpft. Sie wischte sich mit Toilettenpapier über den Mund. Die Schmerzen in ihrem linken Arm waren immer noch höllisch, als hätte sie ein Untier aus einem jahrhundertelangen Schlaf jäh aufgeweckt und sein ganzer Zorn ergösse sich nun über sie, die unselige Aufrührerin.
Sie saß am Boden neben der Klomuschel, auf weißen Fliesen, den Rücken gegen die kalte Wand gelehnt. Ihr Herz ging schnell. Ihr Mund schmeckte nach Erbrochenem.
Noch einmal dachte Hannah, sie müsse sich übergeben. Aber da war nichts mehr in ihr. Sie wischte sich mit der Hand über den Mund, aus dem ein dünner Speichelfaden hing. Sie betätigte die Spülung, sank zurück an die Wand, die Beine angewinkelt, so saß sie da in ihrem schrecklichen Krankenhausnachthemd, den linken Arm vor der Brust, immer noch der brennende Schmerz dort, ein Pochen im Kopf. Ihr Herz klopfte schnell, sie hörte ihr Blut in den Ohren rauschen, ihr schwindelte.
Durch die offene Badezimmertür sah Hannah Sonnenstrahlen auf dem weißen Krankenhausboden Schattenmuster zeich-

nen. Draußen sang immer noch ein Vogel. Hannah lehnte den Kopf an die Wand und schloss die Augen.

9

Als Hannah nach Berlin zurückkehrte, war es Herbst geworden. Sie schloss Miriams Wohnungstür auf, stellte ihren Koffer ab, legte Miriams Post auf das kleine Tischchen neben der Garderobe, ging die paar Schritte bis ans Ende des Flurs, blieb im Türrahmen stehen und besah das Zimmer, in dem sie monatelang gelebt hatte. Das Bett war noch immer zerwühlt, so, wie sie es an jenem Morgen, an dem sie überstürzt zum Bahnhof gefahren war, um Stein zu suchen, verlassen hatte, auf dem Schreibtisch stand noch ihre Teetasse, das Basilikum auf der Fensterbank war völlig vertrocknet.
Als ihre Eltern sie aus der Charité abgeholt hatten, hatte sie in Miriams Wohnung nur eilig ihre Sachen zusammengepackt, alleine, mit einer Hand, alles andere belassen, wie es eben war. Ihre Eltern hatte sie gebeten, unten zu warten, sie wollte sie nicht in Miriams Wohnung haben. Sie wollte selbst kaum hinaufgehen, wollte sich nicht verabschieden von diesem Ort, von Berlin, nicht auf diese Weise. Aber natürlich war es das Vernünftigste gewesen, vorerst nach Hause zu fahren, zu ihren Eltern, solange ihr Arm zu nichts zu gebrauchen war.

Hannah wollte schon die Schuhe abstreifen, zum Fenster gehen und es öffnen, um frische Luft hereinzulassen, aber dann ließ sie es doch bleiben. Aus irgendeinem Grund wollte sie das Zimmer nicht betreten, noch nicht, es war ein so friedliches Ensemble und hatte gar nichts mehr mit ihr zu tun. Sie hatte gedacht, es würde sein wie heimzukommen, wenn sie erst wieder hier stünde. Aber so war es nicht. Das Zimmer schien

ihr ebenso fremd wie an jenem Tag, als sie es zum ersten Mal betreten hatte.
Obwohl sie monatelang hier gewesen war, gab es fast keine Spuren von ihr in diesem Zimmer. An der Wand links neben dem Schreibtisch hing die Berlinkarte, auf der sie alle Orte und Plätze mit Leuchtstift markiert hatte, an denen sie gewesen war, und neben der Nachttischlampe lag immer noch der Hammer, den sie dort hingelegt hatte. Das war alles, was ihre einstige Anwesenheit in Miriams Wohnung verriet.
Morgen würde Miriam nach Berlin zurückkehren. Sie hatte ihren Job verloren, beim Sender wurde neu strukturiert, Miriam hatte das gewusst, alle hatten das gewusst, seit Monaten, und alle hatten gehofft, dass es nicht sie treffen würde. Aber Miriam hatte es getroffen, man hatte sie eingespart, »einfach wegrationalisiert!«, hatte sie ihr geschrieben, völlig aufgelöst, und: »Was mache ich denn jetzt? Was wird aus Markus und mir? Ich glaube, ich kann nicht mehr – hört das alles denn nie auf??«
Das war der Grund, weshalb Hannah nach Berlin gefahren war: Sie wollte Miriam morgen vom Flughafen abholen und zuvor noch die Wohnung in Ordnung bringen.

Die ganzen trägen Sommerwochen zuvor hatte Hannah am Rand der Stadt in ihrem Elternhaus verbracht. Sie war auf dem Balkon in der Sonne gesessen oder im Schatten, hatte in die grüne Gegend gestarrt, schweigend und wie versteinert war sie dagesessen, während sie darauf wartete, dass ihr Arm wieder heil wurde. Sie hatte das als quälend empfunden, zu solcher Untätigkeit verdammt zu sein, als wäre sie unfreiwillig auf Heimaturlaub geschickt worden, und es war mühsam gewesen, zu warten, bis ihr Ellenbogen wieder ganz wurde und sie ihren linken Arm durchstrecken konnte. Das Nichtstun hatte sie angestrengt, die Leere der drückend heißen Sommertage sie

ungeduldig werden lassen. Dabei gab es nichts, was draußen in der Welt auf sie wartete. Vielleicht war sie deshalb so schweigsam geworden.
Marius hatte sie zweimal angerufen in der Charité. Das erste Mal, um zu fragen, wie es ihr gehe und ob sie etwas brauche, das zweite Mal, um ihr zu sagen, dass er eine neue Kellnerin suchen würde, nicht nur, bis sie wieder zurückkäme und arbeiten könne, sondern als Ersatz für sie. Es täte ihm sehr leid, aber sie wüsste ja selbst nicht, wann sie wieder einsatzfähig sein würde und ob sie überhaupt wiederkäme, und er müsse langfristiger denken als Unternehmer und so weiter.
Natürlich war das verständlich, hatte Hannah damals gedacht, sie hatte keinen richtigen Arbeitsvertrag gehabt, also konnte er das auch machen. Aber sie war trotzdem enttäuscht gewesen. Sie hatte gehofft, ihr bliebe wenigstens dies, die Arbeit als Sicherheit, als Perspektive, als etwas, zu dem sie hätte zurückkehren können, sobald ihr Arm wieder zu etwas taugte. Überrascht hatte es sie nicht, dass Marius sie so schnell ersetzt hatte. Sie hatte damit rechnen müssen, natürlich, wieder einmal hatte sie damit rechnen müssen. Also war sie nach ihrer Entlassung aus der Charité heimgekehrt zu ihren Eltern, was hätte sie sonst auch tun sollen.
Aber dort war es kaum auszuhalten gewesen. Die Sorge ihrer Eltern, die immer wieder auf sie einredeten, sie dazu zu bewegen versuchten, noch eine Ausbildung zu machen, etwas Handfestes, immer kam dieses Wort, bedrückte Hannah. Ihre Mutter legte ihr anfangs auch immer wieder Psychologiezeitschriften in ihr Zimmer, in denen sie in manche Seiten Eselsohren geknickt hatte. Hannah schlug die Seiten auf, in den Artikeln, die ihre Mutter für sie markiert hatte, ging es immer um Burn-out und um etwas, das Broken-Heart-Syndrom hieß, um die besorgniserregende Zunahme von Stress-Kardiomyopathie bei jungen Frauen. Es war sicherlich gar nicht uninteressant

zu lesen, und natürlich wusste Hannah, warum ihre Mutter wollte, dass sie gerade diese Artikel läse, aber Hannah las sie nicht. Auch das Gerede, sie solle zu einem Therapeuten gehen, so könne es nicht weitergehen, sie könne nicht Tage und Wochen apathisch in ihrem Zimmer liegen oder auf dem Balkon sitzen, kaum essen und vor allem kaum reden, nervte sie. Es tat ihr leid, dass sie ihren Eltern Kummer machte, dass sie sich sorgten, weil sie so viel schwieg, so wenig lachte, so ernst und hart wirkte. Aber etwas in ihr ließ sie trotzdem weiterschweigen und in die Ferne starren, wie versteinert, darauf wartend, dass man ihr den Verband endgültig abnehmen würde.
Hannah war schon dabei einzuknicken und endlich eine der Nummern anzurufen, die ihre Mutter auf einen Zettel geschrieben und an den Kühlschrank gepinnt hatte, mit kleinen Kommentaren versehen: »Dr. Uhl, Frau, Analytikerin! empfohlen von Tante Agnes« oder »Dr. Weiser, Mann, katathymimaginativ, anscheinend sehr nett, hat der Tochter von Stefan und Martha so geholfen«, nur um Ruhe zu haben. In Wahrheit aber kränkte es sie, dass ihre Mutter fand, sie müsse behandelt werden, nicht bloß wegen ihres Armes.
Aber dann war Miriams Anruf gekommen, Miriam sagte, sie habe den Flug gebucht, sie würde schon in zwei Tagen nach Berlin kommen, und plötzlich war Hannahs Agonie vorbei und sie dachte, die ganze Zeit über hatte sie gar nicht darauf gewartet, dass ihr Arm heilen würde, sondern darauf, dass Miriam sie brauchte. Noch während Hannah auf Miriam einsprach und sie zu trösten versuchte, holte sie ihren Rucksack hervor und begann zu packen. Sie würde sie vom Flughafen abholen, meinte Hannah, und »wenn alles nichts mehr hilft, dann fliegen wir gleich weiter nach Island!!« Und dann endlich lachte Miriam.
Island war ihr Codewort, sie hatten sich das vor Jahren ausgedacht. Wenn sie beide einmal zur selben Zeit ganz unglück-

lich wären und sie nicht mehr weiterwüssten, dann würden sie zusammen nach Island fliegen und dort in einem heißen Geysir baden. Und dann, in der wohlig warmen Quelle liegend, inmitten der weißen, berückend schönen Landschaft am Ende der Welt, würde wenigstens eine von ihnen wieder Mut fassen, sodass sie die andere trösten könnte und beide gerettet wären.

Ja, vielleicht sollten sie nach Island, Island war ähnlich pleite wie sie beide, das war doch vielversprechend. Vielleicht konnten sie dort neu starten, beide, zusammen.

Als wäre sie ein neuer Mensch, so hatte Hannah begonnen, ihren Koffer zu packen, hatte ihre Jeans herausgelegt, von ihrer Mutter widerwillig geflickt, nachdem Hannah es dreimal abgelehnt hatte, sich neue kaufen zu lassen. Sie hatte das Futter ihres Parkas aus dem Schrank geholt und ihre abgetragenen Schnürstiefel, den wärmsten Pullover, den sie besaß, und hatte sich am nächsten Tag in den Zug gesetzt. Sie hatte nicht vor, allzu bald wieder zurückzufahren, aber davon sagte sie ihren Eltern nichts, als sie sich verabschiedete. Dass sie Miriam die Schlüssel übergeben musste, dass sie dafür nach Berlin fahren musste, das verstanden sie, vielleicht war das das Einzige, was die Eltern noch verstanden, für die ihre eigene Tochter so rätselhaft geworden war in diesem letzten Jahr. Sie fragten auch nicht, wann sie wiederkommen würde, vielleicht waren sie insgeheim auch erleichtert, dass die Phase stoischen Schweigens damit beendet war, dass sie das nicht mehr länger mitansehen mussten. Hannahs Arm war gerade für vollständig rehabilitiert befunden worden, nur eine Narbe am linken Unterarm erinnerte jetzt noch an den Unfall.

Hannahs Blick fiel auf den Poststapel, den sie zuvor abgelegt hatte. Ganz oben lag ein Zettel, auf dem stand »Dachterrasse eröffnet – zur freien Nutzung«. Sie hatte keine große Lust, mit dem Aufräumen zu beginnen, also ließ sie ihren Koffer unausgepackt im Flur stehen, schloss die Tür wieder hinter sich und stieg die Treppen weiter hinauf, in den vierten Stock, bis die Stufen aufhörten und sie vor einer schmalen, weißen Tür stand. Sie drückte die Klinke nieder.

Die Fläche war ziemlich groß, sie reichte bis aufs Vorderhaus, bis zur Straße vor. Eine Metallbalustrade, die entlang der Dachkanten verlief, begrenzte die Terrasse dort, zwei Bänke standen in der Mitte, ein paar Pflanzen in Tontöpfen, ein Mülleimer und ein Grill, das war alles. Hannah setzte sich auf die Bank, die Richtung Fernsehturm zeigte.

Es war schön, diesen Blick wiederzuhaben, sie hatte oft daran gedacht, in diesem Sommer, in ihrem Sessel auf dem elterlichen Balkon.

Jetzt war sie also wieder da, dachte sie, als sie zum Fernsehturm blickte und tief durchatmete. Was würde jetzt werden mit ihr? Miriam hatte gemeint, sie könne ruhig bei ihr bleiben, so lange sie wolle. Aber Hannah wusste, dass die Wohnung dafür im Grunde zu klein war. Vielleicht würde sie in der Nähe etwas finden, was sie sich leisten konnte, sobald sie wieder eine Arbeit gefunden hatte als Kellnerin, wie bei Marius. Sofern Miriam überhaupt hier blieb, sie musste ja auch erst wieder Arbeit finden, dachte Hannah dann. Es war das erste Mal, dass sie beide arbeitslos waren, und beide ohne Mann.

Vielleicht sollten sie zusammen eine größere Wohnung suchen? Oder tatsächlich zusammen nach Island fliegen?

Was ergab eine Gleichung aus lauter Unbekannten?

Hannah blinzelte. Die Sonne stand schon tief und würde bald untergehen. Noch war es angenehm warm. »An den letzten warmen Tagen in Berlin«, dachte Hannah, und ihr fiel nicht mehr ein, wie das Album hieß, auf dem das Lied war, das diesen Titel trug, und sofort musste sie an Jakob denken, er wüsste das.

Es war jetzt fast genau ein Jahr her, dass sie sich getrennt hatten. Irgendwann in diesen Tagen würde Jakob Vater werden. Es blieb eine schmerzlich-bizarre Vorstellung, wann immer sie das Bild vor sich sah, Jakob, der ein Kind im Arm hielt. Es tat ähnlich weh wie der Schmerz, den sie seit der Operation spürte, wenn sie an einer ganz bestimmten Stelle an ihrem linken Ellenbogen fest zudrückte, so wie sie das jetzt tat, dort, wo die kleine Narbe aufhörte.
Es war kein neuer Schmerz mehr, den sie fühlte, er kam auch nicht mehr plötzlich, sondern schlich sich langsam in ihren Kopf, er hatte etwas Vertrautes und hatte darüber seine Bedrohlichkeit verloren. Aber das Wissen darum, dass er niemals wieder ganz verschwinden würde, blieb bitter. Eine kleine unsichtbare innere Versehrtheit, die zu ihr gehörte wie die Narbe am Unterarm, dachte Hannah.
Noch in der Charité hatte sie Jakob eine lange E-Mail geschrieben, hatte ihn beglückwünscht dazu, dass er Vater wurde, hatte sich verabschiedet, noch einmal und endgültig, und im Grunde hatte sie gedacht, sie würde nun nichts mehr hören von ihm. Aber sie hatte sich getäuscht. Zweimal hatte Jakob über den Sommer sein »?« geschickt und beide Mal hatte sie ihm geantwortet, fast unverzüglich, aber beide Male nur kurz, hatte Belangloses erzählt, nichts davon, dass sie im Krankenhaus gewesen war, dass sie nun zuhause bei ihren Eltern saß, nur ein paar Kilometer entfernt von ihm.
Sie hatte viel nachgedacht im Sommer, über Jakob, über sich selbst, warum sie mit dreißig wieder in ihrem Elternhaus gelandet war. Wahrscheinlich hatte Jakob sie nicht verletzen wollen und deshalb so lange nichts davon gesagt, dass er längst eine neue Freundin hatte. Womöglich hatte er diese Neue auch schon gekannt, als sie sich getrennt hatten, womöglich war diese Frau der eigentliche Grund gewesen für die Trennung und Jakobs Verweigerung einer Fernbeziehung nur ein Vor-

wand, die Trennung herbeizuführen, das würde vieles erklären. Miriam hielt es für sehr wahrscheinlich, Hannah war überzeugt davon, dass es so gewesen sein musste, aber sie wusste, Jakob würde ihr niemals sagen, wie es tatsächlich gewesen war, selbst wenn sie ihn direkt danach fragte. Sie würde das niemals erfahren, aber es war auch nicht mehr wichtig. Sie hatte kaum mehr etwas mit dem Mädchen zu tun, das Jakob gekannt hatte, das sie gewesen war, als sie vor fast einem Jahr nach Berlin gekommen war.

Von Stein hatte sie nichts mehr gehört. Sie hatte ihm nach einigem Zögern eine E-Mail geschrieben, ihm einen schönen Urlaub gewünscht, geschrieben, sie hoffe, sie sähen sich bald wieder, in Hamburg oder Berlin. Sie hatte nichts von ihrem Unfall erzählt, nicht Bezug genommen auf ihre Verabschiedung, nichts davon gesagt, dass sie ihm nachgelaufen war an jenem Morgen. Sie hätte nicht gewusst wie. Dabei dachte sie oft an ihn, daran, warum sie ihm nachgelaufen war, an seinen Blick und wie er sie umarmt und geküsst hatte.

Stein hatte nicht geantwortet. Er war bereits im Ausland gewesen, als sie geschrieben hatte, es war eine Out-of-Office-Reply zurückgekommen. Gut möglich aber, dass sie nie wieder etwas von ihm hören würde. Zumindest musste sie damit rechnen, dachte Hannah dann, natürlich, was sonst.

Sie ging nach vorn, zur Balustrade. Das Geländer reichte ihr nur bis etwa zur Taille, nicht höher. Es wäre ein Leichtes, darüber zu steigen, dachte sie. Wie wäre das, sich fallen zu lassen?

Sie beugte sich nach vorn, so weit sie konnte. Sofort wurde ihr schwindlig. Aber sie blieb so, trotzdem, beugte sich sogar noch ein Stück weiter, obwohl der Schwindel sich steigerte, und zwang sich, hinunterzusehen auf die Straße, in die Leere. Ihre Hände begannen leicht zu zittern, sie schloss sie fester

um das Metall, die Knöchel traten hervor und der linke Arm begann zu schmerzen, als sie ihn stärker belastete.
Unter ihr war alles grau. Der Asphalt, auf den sie blickte, war ganz dunkel, vereinzelt waren Reifenspuren zu erkennen, ein schmales Stück Kopfsteinpflaster, vier Reihen breit, ragte rechts in ihr Blickfeld hinein, darunter ein Kanaldeckel, sonst nichts. Kein Baum, kein Auto, keine Häuser, keine Menschen.
In ein paar Sekunden könnte alles vorbei sein, dachte Hannah, ein Sprung vom 5-Meter-Brett dauerte nicht länger als eine Sekunde, von hier oben würde es vielleicht zwei Sekunden dauern, oder drei, und sie war auf einmal ganz klar im Kopf, als sie das dachte. Sie war jetzt völlig ruhig, als sie auf die Straße hinunterblickte, auf den Kanaldeckel, der von hier oben so klein aussah.
Sie dachte an Miriam, die jetzt in Moskau ihre Sachen packte und in ein paar Stunden im Flieger nach Berlin sitzen würde. Sie hatte ihr versprochen, sie vom Flughafen abzuholen, sie hatte versprochen da zu sein. Und mit einem Ruck zog Hannah ihren Oberkörper zurück.
Erschöpft kauerte sie sich neben das Geländer auf den Boden, lehnte den Kopf an das Metall, blickte Richtung Alex. Ein Satz kam ihr in den Sinn, den ihr Klavierlehrer gern benutzt hatte. Wenn er wollte, dass sie ein Stück nochmals von einer bestimmten Stelle weg spielte, dann hatte er immer gesagt: »Können wir das nochmals von hier nehmen?«
Von hier nehmen, das musste man das Leben.
Die Sonne versank hinter dem Fernsehturm. Hannah erinnerte sich an den Sonnenuntergang, den sie mit Jakob am Utah-Beach gesehen hatte. Vor ihnen war eine Gruppe alter Männer gestanden, die auf das Meer hinausgeblickt hatten, sich gegenseitig stützend. Sie schienen zu weinen, und sie wusste noch, dass sie darüber gar nicht erstaunt gewesen war. Es war ein herrlicher Augustabend gewesen, die Sonne, ein hel-

ler Feuerball hinten am Horizont, wurde langsam vom Meer verschluckt, der Wind trug Kindergelächter von der Straße zu ihnen herüber, das Meer war ganz ruhig. Vorne die drei Greise, D-Day-Veteranen. Sie hatte in ihre Richtung gedeutet, um Jakob auf sie hinzuweisen. Er hatte genickt, hatte sie schon selber gesehen und Hannah daraufhin umarmt, seine Arme fest um sie gelegt und an sich gedrückt.

Hannah wusste noch, sie hatte damals gedacht, nichts könne ihr jemals mehr passieren, sie hatte Jakob, der sie beschützte, als sie so dastanden und sie seinen Kopf spürte, der sich auf ihren legte, und er seine Arme fester um sie schloss und sie beide auf das Meer blickten.

Wenn Hannah bisher daran gedacht hatte, hatte sie immer weinen müssen. Veteranentränen waren das, dachte sie. Heute nicht. Sie saß ruhig da, blickte zum Alex und sah zu, wie die Sonne langsam verschwand.

Und dann musste sie unwillkürlich lachen. Wie hatte sie denn nur denken können, nichts mehr könne ihr geschehen, weil sie Jakob habe? Das hätte sie niemals glauben dürfen, niemals hätte sie so sehr an Jakob und sich glauben dürfen, das war ein Fehler gewesen, ein kapitaler Fehler, den sie da gemacht hatte, dachte Hannah, das hätte sie besser wissen müssen. Und es dauerte eine ganze Weile, bis sie sich wieder beruhigt hatte.

Morgen würde Miriam wiederkommen. Sie würde sie am Flughafen abholen. Vielleicht würde sie ihr eine Blume kaufen, eine weiße Rose, eine gelbe. Sie würde am Ausgang stehen und auf sie warten, zwischen all den anderen mit ihren Schildchen in den Händen würde sie dastehen und auf sie warten. Müde und traurig und erleichtert würde Miriam ihr in die Arme fallen. Vermutlich würden sie nicht nach Island fliegen, zumindest nicht sofort, sondern abends in Miriams Wohnung sitzen und zusammen essen und Wein trinken und viel lachen,

und nichts würde gelöst sein, aber einen Abend lang wäre alles leicht.
Morgen würde Miriam kommen.
Die Sonne war jetzt untergegangen. Hannah fröstelte. Sie zog sich mit der rechten Hand an der Balustrade hoch. Sie blickte lange nach unten, in die Leere. Zeit zu gehen, dachte Hannah.

2. Auflage 2016

Umschlag: & CO graphikdesign www.und-co.at
Satz: AD
Druck: Theiss

FSC
www.fsc.org
MIX
Papier aus verantwortungsvollen Quellen
FSC® C012536

ISBN 978-3-85420-976-8

www.droschl.com
Literaturverlag Droschl Stenggstraße 33 A-8043 Graz